マドンナの部屋

石兼　章
ISHIKANE Akira

文芸社

マドンナの部屋　目次

一、プロローグ

コンビニのコピー機は修理中である。他に行く時間はないので、敬《たかし》は急いで帰り、新しい手帳型のノートに目的の駅と周辺の道路を書き写して、アパートを出た。

駅の切符売り場で短い列に付くと、前が手間取り、隣と変わらなくなった。構内の電光掲示板に直通はなく、乗り換え駅までの快速が七分後とある。その二番線に下りると、遠い六番線に直通の電車が入ってきた。その方が楽と考えて、ホームを移った。

発車は快速の六分後である。がら空きの車内に入ると、アナウンスが始まり、目的地より先の駅で起きた人身事故のため、乗り換え駅までの電車を勧めるのだ。快速は発車した後で、次は八分後の普通電車だった。もう二十分もロスしている。やはり前途は多難な気がして、唇を引き締めた。

＊

一週間前、駅の階段下で、チラシを貰った。それは二人続き、信号が点滅を始めた。道路の幅は五メートルなので、足を速めると、横からまたチラシの腕が伸びた。若い女が笑みを浮かべている。思わず受け取り道を渡った。しかし女が気になり振り返った。細身で背が高くかなりの美人なのだ。既に車は行き交い、歩道に並ぶ人の背後を、バス停に向かう人の流れがあった。一段高い頭を探すが見当たらない。こちらも人が重なり、前に進んだ。そして左右に人影がなくなった道で、チラシを開いた。

花婿レース、参加者募集
　日時　随時
　年齢　三十歳まで
　期間　半日～数日（未知の旅行が出来ます）
（有）家族計画研究所
（電）０９０　xxxx　xxxx

　なんだと思ったが、半分に畳み、ポケットに入れた。そして昨夜連絡したのである。ただ、念のため公衆電話を使い、相手を確認して聞いた。

「お試しでもいいですか」

「はい。参加者は多い方がいいですから」

　若い女の声がした。

「未知の旅行で、危険なことはないですか」

「そこは街中なので大丈夫です。期間の違いは皆さん次第で、レースをやめるのも自由です。こちらは残念ですが」

「やはり順位が付くのですか」

「レースは途中の判断や思考を試します。だから優勝に価値がありますが、それ以下でも満足いただけます。それに参加費はいただきません。ゴールまで自前なので、相殺するのです」

「費用はどのくらい掛かりますか」

「人によります。普段の旅行もそうでしょう。ですから気楽に参加されるといいと思います」

「ああ……。それはどこでするのですか」

「こちらに来られたらお教えします」

「これには住所がないけど……」

「すぐにお知らせします。その前にお尋ねしますが、公衆電話にされたのは、何か訳がおありなのですか」

「いまは会社の帰りで、携帯は持ってないのです」

女は声を呑むと、街の名前を丁寧に告げた。

そこは電車の乗り換えを入れて、二時間くらいの距離にある。もちろん未知の場所なので少したためらうと、それもプログラムの一環で、会場は駅から近いと熱心に勧めるのである。

「では、いつがいいですか」

「明日はどうでしょう？　仕事がおありでしょうが、チラシに興味を持たれたのなら、都合は付くのではないですか」

確かにそう考えて、会社を休むかもしれないと、同僚の女子社員に伝えてある。軽く承知すると、駅に着いたら電話するように言われた。それで一時過ぎを約束して電話を切った。

*

電車が到着し、大勢の人が乗り降りした。人身事故の影響か、車内は混んでいる。乗り換え駅まで約五十分であるが、その先は分からない。しかしそれまでに電車が動けば、三、四十分の所要時間と考えた。それなら食事の時間を削れば、十分間に合うのだ。

外は良く晴れている。こちらはブラインドを下ろしているが、反対側に街並が見える。やがてビルが増え、その谷間にある駅に着いた。七、八人降り奥へ進むと、窓際の女性が、笑みを浮かべて頭を下げた。三か月前、会社を辞めた並木である。軽く頷いて横に座ると、顔を寄せて言った。

「今日は、さぼり？」

敬はスーツにネクタイである。しかし何も持っていないのだ。苦笑して乗り換え駅を告げると、並木は次の駅を言った。

「友達と会って、買い物をするの」

彼女は二十六歳で、結婚退社の噂がある。それを聞くと、笑って首を傾げられた。しかしそれはどうでもいい。敬がやや目を伏せると、逆に問われた。

「そちらは？　噂、聞いたわよ」

「どのことか知らないが、みな違うよ」

並木は親密な目をした。それで最近の様子を聞くと、今日は休みだが英会話教室で教えていると、口元を緩めた。

「どんな人がいるの」

「高齢者……。定年退職した人が多いの。みな人生の達人だから、私も勉強になる」

彼女は研究所の事務職だったが、いまは自由度が高いのだろう。不動産会社の社長や、郷土史を研究する元高校教師を挙げ、二人とは、事後の交流もあると言う。

それでやや目を凝らすと、並木は言った。

「でも、あなたみたいなものよ。ただ、食事をして帰るだけ」

彼女とは朝食を抜いた時、給湯室で即席ラーメンを作って貰う仲だった。色が白く美人である。しかし肉感的なので、それ以上の付き合いはなかった。

「俺は、彼氏がいると思ったから」

すると彼女は首を振り、会社にいるときこんな話をしたかったと言う。それで電話番号を聞くと、メモ用紙に携帯の番号を書いてくれた。自身は名刺の裏に固定の番号を書いた。

「携帯、まだ持ってないの。でも、この方がいいかもしれない。いつも電話されるとうるさいから。あっ、あなたのことじゃないの」

「俺も考えてするから……」

やがて次の駅で、彼女は笑って降り、窓際に移った。そして電車が動き出し、車内を見た。通路は混んでいるが、人身事故の影響は薄れたようである。しかしそれで並木に会った。だから今後は、一時の損得に拘《こだわ》らず成り行きにした。つまり何事も経験と前向きに考えたのである。

「予定を決めない旅をしましょう。二人なら泊まり易いから、大丈夫ですよ」

見積書のチェックを終え、雑談に移ったとき、川口が言った。試験器具の納入業者で、七年の付き合いがある。歳も近いせいか、現場の時から馬が合い、敬が事務所に移っても、誠実な態度を変えなかった。

「そういえば変なチラシを貰ったよ」

声を潜めて『花婿レース』を伝えると、興味を示し、内容を知りたがった。それも参加を決めた一因である。だからどこかで連絡を取ろうと考えた。

電車は大きな川を渡り、ビルが並ぶ地域に入った。やがて太陽が反対側になり、ブラインドを上げると、近くに高層ビルが続き、モノレールや新幹線が見えた。そして乗り換え駅に着き、目的のホームに上がった。そこはまだ人身事故の影響が残っている。しかし遅れは十六分程度で、待っている人も多くなかった。その五分後、電車が入ってきた。

＊

「山本、まだ会社にいるのか」

駅前の居酒屋で、村井が言った。中学の親友で、進路は高校で分かれたが三年前交流が復活した。彼が近くの都市に引っ越してきたからだ。

「いずれ辞めるが、きっかけがつかめない。俺は今のところ模範社員だからな」

「へえ……」

「前兆がいる。相応の何かがないと、言い出しにくい。俺も根は小心者なんだ」

「そんなこと言っていると、辞められなくなるぞ。来年はもう三十だろう」

村井は五年前に会社を辞め、いくつか転職した後、個人の家の駐車場やフェンスを作る仕事をしている。そして協力を期待されているが、敬には辞める理由が他にあるのだ。

それでビールを注ぎながら、何か書いたかと村井が聞いた。苦笑して首を振ると、

「小説か……。もう遅いよ」

村井は強く頷くが、本人は絵と写真に夢を託している。敬は一口飲んで言った。

「さっき言ったろう。俺は仕事に力を入れた。だから書く時間がなかった。いや、中途半端に

なった。それで会社を辞めて本格的にやりたいんだ」

「うまくいかなかったら、どうする？」

「そのときは、そのときだ」

敬は語気を強めた。しかし不安はあるので十年近く辛抱し、金もいくらか貯めた。そして区切りの三十が近づいたのである。しかし最も強い動機は、毎日大量の仕事をしても、充実感が全くないことだった。

「じゃあ、どんなのを書くんだ」

「小学生や中学生を主人公にして、人間の心理や自然の神秘を書く。まあ、体験をまとめるだけだ。もちろんいくらか飛躍はするが」

「俺も出てくるのか？」

「そういうのもある。しかしいまは小さな子供と川の妖精の話だ」

その粗筋を話し、村井もいま撮り歩いている、昔の建築物の話をした。そして本人の終電の時間になったので、駅まで送り、改札口で別れた。

＊

目的の駅に着いたのは、十二時二十五分である。高架のホームは広く、電車を降りた人々が階段に消えると、人の姿はまばらになった。大きなビルが建つ街並は広場の奥に低く続き、頭上に青い空が広がっている。金網で区切られた横も線路で、左の端から新幹線が現れて右手に走り去った。軌道は先で左に曲がり、行く手の山をトンネルで抜けている。

周囲の地形は地図で見たとおりである。ただ、ノートには駅から東西に延びる道路と、縦に交差する道が四、五本引かれ、右端に大きな川が書いてあるだけである。

敬は軽い吐息をつき、エスカレーターで一階に下りた。フロアーの遠くに飲食店が並んでいるが時間はまだある。西の出口に向かうと、横の壁に駅を中心にした地図があった。川に沿った東側は古くからの街で、山が遠くに続く西側が近年発達したようである。そのせいか広場の端に高層ビルがあるので足を向けた。そしてエレベーターで屋上に出て、高く透明なフェンスの前に立った。

駅から先の線路が大きな川を渡っている。その手前に、大小のビルと低い家並みが広がっている。遠近の看板に目を凝らしたが、家族計画研究所は見当たらない。しかしまず腹ごしらえと考えて、下の食堂街で和定食を摂った。そして今度はエスカレーターで一階に下りた。

通路にある公衆電話に着くと、丁度一時だった。

「お待ちしてました。いまどこですか」

名前を告げると、前と同じ声がした。

「駅の西側の中央ビルです」

「では、駅の通路を通って、東側に出て下さい。バスとタクシーがいる広場の左手に石畳の道があります。そこへ入り、二つ目の路地で電話して下さい。角に公衆電話があります」

「迎えに来るのですか」

「いいえ、もう少し詳しくお話しします。そこがスタートになるので、ぜひ参加して下さい」

「分かりました。そこまでどれくらい掛かりますか」

「およそ五、六分です」

電話を切り、首を振った。相手のペースに乗った気もするが、川口の関心もあり、内容を知りたいのだ。敬は急いでビルを出ると、広場を突っ切った。


「実はレースはもう始まっているのです。このまま続けられますか」

先程の声がした。

「まだ何も分からないのですが」

「あなたはそこまで来られました。それは新しい生活を望まれているからではないですか」

「まあ、そうです」

「では大丈夫です。いまからゴールを目指していただきますが、ルートは自由です。ただ、早いもの勝ちなので、選び方が大切です」

「期間に幅がありましたが」

「同時に出発する人が対象なので、不公平はありません」

「ゴールはどこにあるのですか」

「かなり遠くですが、最初に特別の装置で移動しますので距離は縮みます。そこは金色に輝く塀と扉があるので、すぐ分かります。もちろん扉を開けて、中に入らなければいけません」

「何か仕掛けがあるのですか」

「だから簡単には入れません。それが最後の関門です」

「そこに入ったらどうなるのですか」

「婚姻の儀式が始まります」

「それは正式のものですか」

「そうです。ただ、お一人だけなので、他の方は宴会をしてお帰り願うのです」

「それは厳しいですね」

　敬は目的の一人には興味がない。いや、その他を望んで次の行動を聞くと、コースの入口を探す試験があると言う。

「手が込んでますね」

「優秀な方を選びたいからです。それでヒントを差し上げます。そこは奥まったというか、人目を引かないところです。でも、人はいつも通っています」

「それだけではどうも……。もう少しないですか」

「そこは商店街の中で、入口は地下です」

「看板はありますか」

「はい、白い板に『入口』と書いてあります。中で手続きをしますが、あなたはお名前と住所を紙に書いてお渡しください。ドアは合言葉で開くので、申し上げます」

緊張して耳を澄ますと、やや気負った声が聞こえた。

「ハッピーとパートナーです。これは他にも使えます。例えばレースの参加者を知りたいとき、ハッピーと口にし、相手がパートナーと答えれば分かる訳です。もちろん逆の場合もあります。でも三度が限度です。だから本当に必要な時に使って下さい。それとこちらへの電話はこれが最後になります」

「入口が分からないと、どうなるのですか」

「そのままお帰りいただいて構いませんし、電話されても通じません」

「それは寂しいな」

「あなたなら大丈夫です。だから全てお伝えしたのです」

苦笑して電話を切ると、何か聞き忘れた気がした。しかしノートに必要事項を書いて破り、ポケットに入れた。

電話ボックスの外に中年の男が見えた。一旦通り過ぎて戻ってきたので、扉を開け、互いに目礼して入れ替わる。男が受話器を持つのを見て少し離れ、四方に目を向けた。

木造家屋とビルが混在する商店街に、石畳の道が真っ直ぐ延びている。横に交わる道はやや広いアスファルトで、小さいビルの間に、大型ビルがいくつか見えた。入口は全く見当がつかない。しかし通り過ぎる人々に胡散《うさん》臭そうに見られるので、石畳を奥に向かう流れに乗った。そして大きな寺の前を右に折れた。先は広い道路で、左右にビルと商店が並んでいる。ただ、人の姿はこちらが多く、駅前広場までの路地を順に見て行くことにした。

中は木造の二階家で、広い庭付きの家が所々にある。やがて前方にビルが増えた。それは高くても五階建てで、一か所地下にあるのは、夜に営業するらしいスナックだった。そして駅前広場から延びる道路に出た。家並みは前方にもあるが、足が向かない。歩道の端でためらっていると、背後を通り過ぎる男女の会話が耳に入った。それはあの「ハッピー」である。手をつないだ二人は二十代前半だろう。急いで後を追うと、期待した言葉は聞こえない。しかし先の大通りまで行って足を止めた。二人は交差点を渡っていく。その半ばを過ぎた時、横をすり抜けたスーツの男が、後ろに付いた。そのまま同じ動線を進んでいく。

——彼は探偵か？

思わず周囲を見たが、怪しい者は見当たらない。いや、さっきの言葉といい、考え過ぎなのだ。敬は首を振ると、人通りの多い路地に入った。そこは洋品店が多く、広いショーウインドーの前に、若い女が立っていた。中で明るく輝くのは、白いロングドレスである。似合うと思ったとき、女が歩き出した。そのまま俯いて進むと、急に深く頷いて顔を上げた。そして弾むように通行人を追い抜いていく。思わず足を速めると、横の店から三人連れの主婦が出てきた。それを避けて前方を見ると、女の姿はなかった。しかし見覚えのある四つ角に出た。右手にあの電話ボックスがある。苦笑して腕時計を見ると、既に三十分経っている。しかし朝の電車のことがある。なお頑張ろうと思ったとき、向かいのビルが見えた。三階はこぎれいな喫茶店である。一休みするつもりで足を向けた。

ビルの一階と二階は本屋で、出入り口は両方の道にある。手前の石畳から入ると、左の隅にエレベーターと階段があった。扉が開き女子学生が出て来たので、入れ替わりに乗り上に上がった。

『マドンナ』

店の名前である。壁に貼られた営業案内から、夜は酒を主にする場所に変わるようだった。

「いらっしゃいませ」

カットガラスを嵌《は》めた木のドアを開けると、女性の澄んだ声がした。横に長い店内の左手に銅張のカウンターがあり、右にボックス席が二列並んでいる。おさえた照明に加えて、二方向の広い窓から、明るい光が差し込んでいた。ボックス席は四人掛けである。石畳側の角に腰を下ろすと、薄緑色の制服を着た女性が、水とお絞りを置いて、笑顔を向けた。

「お決まりですか」

メニューのカードがテーブルにのっている。紅茶とチーズケーキのセットを頼むと、女性は紅茶にミルクを確認して、カウンターに去り、改めて室内に目を向けた。

ボックス席とカウンターの端に、舞台とピアノが見える。客は舞台側の席に向き合う老夫婦と、カウンターの女性と話し込む男二人だけである。レジの側には先程の女性が、店内に目を向けていた。ムード音楽が静かに流れている。ときに聞こえるのはカウンターの笑い声だった。下の電話ボックスに中年の主婦が入った。バッグから手帳を取り出しカードを差し込む。視線を人波に移すと、足音が近づき、明るい声がした。

「お待たせしました」

小さな布の上にティーポットが置かれ、側にカップが置かれた。

「ケーキはすぐお持ちします」

同じ女性が運んで去ると、敬は口元を緩めた。高級なカップは温めてある。もちろん紅茶は上等で、チーズケーキもいい味がした。

電話ボックスに若い男が入った。携帯を見ながら番号を押し、何か話すと、急いで扉を開け、広い道路の方へ走っていった。レースの仲間かと気になったがよく分からない。しかし人々の間を小走りに追い抜いていく若い男を、二、三人見た。いずれも左右に顔を振り、何か探している様子である。それは少し前の自分である。それでドアが開き、店の女性が明るい声を上げると、そっと目を向けた。

男が一人で、三十前なら注意する。するとそんな男が二つ前に座り、コーヒーを頼んだ。しきりに窓の下を気にしている。そして携帯を手にした。

「いま近くにいるんです。何ならそちらに行きましょうか」

低いが鋭い声がした。

「それなら言うことをやって貰わないと、困るんですよ」

男はちらりと目を向け、顔を戻した。これも違うようなので、石畳の道を見ていると、強い声がした。

「三時まで時間は十分あります。では、十五分前に中で待ってます。それでどうですか」

男は視線を下方に向けている。そこに間口の狭いゲームセンターがあった。

「客が入っているのは分かってるんですよ。だから何とかなるでしょう……。じゃあ、今日決めて下さい。悪いようにはしませんから。何なら社長を連れて行きましょうか」

そして携帯はテーブルに置かれた。男はタバコに火をつけ室内を見回している。

「お茶をどうぞ」

敬が目を伏せていると、優しい声がして、店の女性が明るく頷いた。やはり上等な湯飲みを置くと、通路を奥へ進んでいく。やがて側に来て、ポットとカップを片づけた。

「ここの夜はどうなるの？」

全てを盆にのせて体を起こした時、声を掛けると、クラブになると笑みを浮かべた。

「切り替えは六時からで、ピアノの演奏があります。一回目は七時からですが」

「君もいるの」

「いえ、別のスタッフに替わります」

まだ十八くらいの彼女は、軽い会釈をして離れていった。

老夫婦は先程の一件で店を出た。敬はレースに戻らなければいけないが、店の名前と雰囲気に何か感じるものがある。それでピアノのある舞台を見て、前の通路に曲がった。先は狭いフロアーで奥に厨房がある。そして各種の酒瓶とグラスが並ぶ壁と平行に、長いカウンターがあった。その中央に、二人の男がまだ座っている。話をやめたので、中の女性に軽く頷いて通り過ぎた。先はレジで、あの彼女が顔を向けた。

「電話したいんですが、いいですか」

「ああ、そこです」

横に通路があり、奥が小さい部屋になっている。ガラス張りのボックスを見つけて中に入った。

「家族計画研究所です」

チラシの番号を押すと、懐かしい声がした。

「あ、通じたんですね」

声を上げると、すぐに気付いて、口調を改めた。

「公衆電話だと誰か分からないのです。でも、もうお話しできません」

「私は確かめただけです」

「では、合言葉のポイントが一つ減ります。これも情報なので厳しくしているのです。それよりまだ見つからないようですね。レースを続ける気はあるのですか」

「もちろんです」

「では、お目にかかれるのを楽しみにしています」

電話は切れ、敬は唇を噛んだ。こうなると後に引けない気持ちになる。しかし万一を考えて、川口の携帯に掛けた。そして街の名前を告げると、声を弾ませた。

「本当に行ったんですね。どんな内容ですか」

「まだこれからだ。分かったら、また連絡するよ」

「分かりました。じゃあ、気をつけて」

川口は明るく応じ、敬は奥のトイレに行った。そこも内装は豪華で清潔に保たれている。用を済ませて席に戻ると、携帯の男は姿を消していた。

お茶はまだ温かい。口に含み、腕を組んだ。情報とは何か？　店と関連がありそうだがよく分からない。それで目を閉じて暗闇を見つめた。

＊

小さなビルの地下にある喫茶店である。彼女の会社に近いが、駅からやや離れている。それは連れだって帰る同僚の目に触れないためと、そこなら皆と別れやすいと考えたのだ。

しかし彼女はその気がないと冷静に言った。

「でも、話があるんだ。遅くなってもいいから、ぜひ来てほしい」

粘って受話器を置いたが、脈がないのは分かっている。しかし奇跡に賭けたのである。

彼女は高校の同級生で、初めてデートをしたのは、駅前商店街にある料理屋である。しかし慢性的な頭痛があり、次の喫茶店で、失態を演じた。前夜気の利いた会話を考えたが、頭痛が酷《ひど》くなったので、互いに会話するのを避けて、自身の事を一方的にしゃべり退屈させたのだ。

その後、近くの都市で開かれた美術展に行った。しかし明るい笑顔は作れないし、細かな配慮もできない。さらに不審な思いをさせたまま別れ、後日のフォローもできなかった。その反省と蓄積した疲労が受話器を取る手を重くする。いや、明るい話題がないので気楽に掛けることができないのである。

それで三か月も経つと、会う日を決められなかった。ただ、バスや駅前で偶然出会うことがある。もちろん嬉しいが、頭痛のせいで顔を歪めて見る事になる。それでなお印象を悪くした。

原因は自身を人生の落伍者と決めつけていた事にある。小学六年生のとき、病気で一年留年し、その後、頭痛が始まった。それは中学、高校と続いたので進学を諦めた。いや、早く社会人になりたかったのである。しかし会社で出世する気はなかった。既に中学の終わりに進路を決めていたのだ。それは芸術の道で、将来の独立を考えた。だから会社は社会勉強をするところと考え、職務に励んだ。女性も同様で、責任が生じる交際は避けた。その前にすることがあると考えたのだ。しかし彼女と疎遠になると、執着心が強まった。そして一か月ぶりに電話した。遠い工場へ転勤が決まったからである。ただ、それは伏せた。いつもの誘いに擬したのだ。そしてもし彼女が現れたら方針を変え、結婚を申し込むつもりだった。

席は入口の側の四人掛けで、指定した時間の二十分前から座っている。そして五分前になった。その間自動ドアが開いたのは一度である。しかし急に頻繁《ひんぱん》になり、二人入り、一人出ていった。敬《たかし》は文庫本を読んだが、六時を過ぎてからは、ただ文字を追っているだけだった。

五分後、コーヒーを追加し、なお三十分待つ。しかしそれが限度だった。客も気になったようだが、店の人にも気付かれている。それで電話に立ち、でたらめな番号を押した。それから代金を払い、店を出た。

重い足取りで階段を上ると、あたりは暗く、街の明かりが鮮やかに輝いていた。駅に向かう通りの先にその会社がある。しかし商店街の道に入った。やはり僥倖《ぎょうこう》は望めなかったが、これで進路は決まったのだ。それで酒場に向かうらしいサラリーマンの集団に出会うと、顔を上げ、口を堅く結んですれ違った。

＊

そういえばチラシを渡した若い女は彼女に似ていた。いや、もう一昔前の事なので面影は薄れたが、心が動いた訳が分かった。そして情報の手掛かりも掴めたのである。

敬は目を開けて戸口を見た。あの喫茶店も地下だったが、ここのエレベーターの横に、階段があるのを思い出したのだ。急いで伝票を掴《つか》んでレジに行き、声を潜めた。

「ここの地下は何があるのですか」

若い女性は、よく分からないが物置くらいではないかと言う。しかし瞳が笑っている。

「ありがとう！」

敬はお釣りも貰わず店を出た。エレベーターは下にある。待つ時間が惜しいので階段を一気に下りて、地下に入った。そこは踊り場まで同じ白い壁が続いている。しかし方向を変えると、左右は竹林になった。いや、実物大の写真で、下の床に本物の孟宗竹が並んでいた。奥に竹の門があり、木の扉がある。赤い外枠の上に、『入口』と記した白い板が付いていた。

横のインターホンを押すと、女の声がした。

「ハッピー」

「パートナー」と応じると、内側に扉が開いた。

「どうぞ。携帯は大きい箱に入れ、ない人は小さい箱に必要事項を書いた紙をお入れ下さい」

中は抑えた照明で、足元から赤い絨毯《じゅうたん》が延びている。指示の通りにすると、後ろの扉が閉まり、また声がした。

「では、待合室までお進み下さい」

「何人集まるのですか」

敬は横の壁に目をやって言った。やはり写真で、満開の桜並木と、下に大勢の人がいた。

「もう少しで定員ですから、準備された方がいいと思います」

「私はスーツと革靴だけど、何かするのですか」

「心の準備を申し上げたのです。最初は驚かれると思いますので」

「危険があるのですか」

「スタートが混雑するだけです」

「ここは地下だから、外に出るのかな……」

「さあ……。スタートされたら分かります」

敬はなお続く桜並木と、下に立つ多くの人々に目を向けて首を捻った。すると急に緊迫した声が聞こえた。

「皆様、定員になりました。間もなくスタートですので前にお詰め下さい」

周囲が騒がしくなったと思うと、桜の木の下の男たちが急に動き出し、側に寄ってくる。たちまち互いの体が密着し圧力が強まった。

「後ろの方、もっと前に出て。前の方、もう少し頑張って」

声が強く響いた。もう身動きできない。そのまま押し潰される恐怖を感じたとき、前が急に動いた。そして激しく踏み出す無数の足音を聞いた。

外は激しい雨だった。急に降り出したらしく、多くの人が四方に走り出している。そこは広い交差点で、五方向に大きな道路が延びている。いずれも高いビルに囲まれているが、アーケードの商店街が正面にあり、迷わず足を向けた。

すると信号が点滅を始め、傘の波が止まった。しかし隙間を抜けて先頭に出る。路上は水がかなり溜まっているが真っ直ぐ走り、向こうの歩道に着いた。そこも傘の波が広がっている。その間からアーケードに入り、スーツの腕と裾をはたいた。そしてハンカチで顔を拭いた。

「このところよく降るわね」

「でも、すぐやむから待とうよ」

若い女性が空を見上げている。もちろん服は濡れていないが、奥に進む人は、傘を持っていても下半身をひどく濡らしていた。中に全身ずぶ濡れの若い男がいる。やはりスーツに革靴で、敬を見てほっとした表情をすると、顔をぬぐい上着の袖を絞った。周りの人は視線を逸らしたり、隣と会話を始めた。敬はハンカチをしまい歩き出す。すると声が聞こえた。

「あ、すみません!」

しかし前に進むと、背後に足音が響き、耳元で声がした。

「さっき、あの部屋にいませんでしたか?」

振り返ると、若い男が親しみを込めた瞳で頷いた。歳は二十五、六で、真面目そうな感じである。しかし見覚えはなく、首を振った。

「大丈夫です。誰にも言いませんから」

男は表情を改め、体を寄せた。

「私は、あなたの斜め後ろにいました。しかしあのスタートは参りました。強く吹き飛ばされたでしょう。それで何が何だか分からなくなった。気がついたら大きな駅のホールにいた。みな急いで出口へ向かっている。やっと外に出ると、雨が激しく降っていた」

「確かにあれは変だな」

敬も疑問が残る状況であるが、同じ経験をした者として、軽く頷いた。

「じゃあ、ずっと側にいたの？」

「いいえ、車道に見えたので、追いかけたのです。しかし車が動き出し右へそれました。もういないかと心配したので、顔を見てほっとしました」

「で、何か用？」

「一緒に行きたいと思って。いえ、途中まででいいのです」

男は小さく笑った。抜け目がなさそうであるが、一応連帯感がある。それにずぶ濡れの姿に同情を覚えた。

「じゃあ、服が乾くまでにしようか」

商店街は奥に続いている。雨音はなお強く、水の帯が敷石に広がっている。少し進むと右の路地の角に、頭や上着を濡らした男たちが立っていた。

「誰にも言わないといっても、分かる人には分かるよ」

通り過ぎて顎《あご》を振ると、男は低く頷き、そっと後ろを見た。

「どうやら俺たちは最後の方かな……」

敬も振り向き、アーケードの外に広がる傘の波を見た。

「それよりルートはこれでいいのですか」

「前にも仲間がいるから、大丈夫だろう」

また先の路地に頭と洋服を濡らした男が立っている。缶コーヒーを手にしていて、先を急ぐ様子はない。横を通り過ぎても、知らぬ振りをしていた。

「もう諦めてますね。でも、何人参加したのでしょうか」

男が首を振って言った。

「スタートの時、先頭は見えなかったし、後方もそうだった。まあ、かなりいるな」

「でも、こうなるとは思いませんでした」

敬も頷《うなず》いた。あの時これは夢かと何度も頭を振った。しかしさらに圧力がかかり、何も分からなくなったのだ。気付いたのは駅の人波の中である。もちろん知らない場所であるが、こうなればレースを続けるしかない。そしてもしやと思い、聞いてみた。

「ところでここはどこか知ってる？」

「見たような気もするのですが……。あっ、駅の名前を見ればよかったですね」

共に後方を向くと、通りは曲がっていて、先は見えない。しかしその角に洋服を濡らした男たちが進んでくるのが見え、急いで踵《きびす》を返した。そして足を速めながら目を凝らすと、店名はもちろんどの場所にも地名はなかった。

やがて横にやや広い道が交差した。右手は木造の二階家や小さなビルが密集し、先に高い石垣が見える。左は緩い坂道と共に家並みが下がっている。

「ゴールは高いところですよね」

男が右方に興味を示したが、敬は前方に顎を振り、足を進めた。

「あ、前の人数が減ってます」

確かに数は少ないし、位置も遠近に離れている。

「独自に動き出したかな。心配なら先に行っていいよ」

男は首を振り、目をしばたたいた。

「ところで塀に入るには、どうすればいいでしょうか」

「それは行ってみなければ分からない。いや、まず着くことだよ」

「どこにあると思いますか」

「この商店街を抜けたら分かるだろう」

「そこでさらに高いところを目指すのですね」

「基本はそうだが、ルートも考えないといけない」

「早い者勝ちだから、最短距離が有利でしょう」

「近道をしてかえって遅くなることもあるし、その逆もある」

「はあ……」

　男は首を傾げた。そして真意を確かめるような視線を向けた。


　男と別れたのはそれから間もなくである。アーケードが二手に分かれる場所に来ると、頭を下げて、傾斜の急な方へ進んでいったのだ。

　一人になると足を緩めた。静かな音楽が耳に届くせいもあり、左右の店が懐かしく思えたのだ。しかしはっきり思い出せない。首を傾げて回転寿司店の前を過ぎると、アーケードは終わり、道路の横に広場を持った高いビルが見えた。周りに家並みがあるが、他に同様のビルは見えない。それで端に出店が並ぶ広場を進み、ビルに入った。

　エレベーターが右端にある。最初は戸口にいたが、上階で人が降りる度に奥へ寄り、七階で眼前がガラス窓になった。ビルの混じる街並が遠くへなだらかに下っている。歩いて来た方向で、端に大きな駅が見え、先に海が続いていた。港に白く目立つのは大型の客船である。それは見覚えあるが、街は特定できない。そして少数の人々と外に出た。しかし食堂街なので、中央のエスカレーターで屋上に上がった。

まず海側の透明フェンスの前に立ち、客船と海岸を眺めたが、やはり場所は分からない。それで平地の奥に山並みが見える反対側に移った。平地は多くが農地で、両端に川が流れている。それはV字型の谷間から流れ出したもので、水田と畑が残っている。家並みもところどころにあるが、密集したのは山裾で、ビルも要所に建っている。しかし目を引くのは谷間の両側に並ぶ、同形の峰である。しばらく眺めたが、晴れた空の下に緑の樹木が見えるだけで、光るものは何もない。やはり夜を待つしかないと吐息をつくと、後ろで声がした。

「あのー、すみません」

軽く振り向くと、若い女が緊張した顔で立っていた。紺のスーツとスカートが似合う色白の美人である。思わず瞳をのぞくと、顔を赤らめて言った。

「食事をするのですが、ご一緒できませんか」

屋上は数人が周囲を眺めている。しかし顔ぶれは変わるのである。ただ、彼女は最初からいた。それでまた目を見張ると、顔をしかめて言った。

「ここは初めてなので、一人では嫌なのです」

「店の目当てはあるのですか」

「特にないけど、下は食堂街でしょう?」

時刻は四時五分である。暗くなるまでもう少し先に行きたいが、彼女も気になる。それで一時間くらいならと伝えて、小さく頷いた。

「費用は持たせてください。私がお願いするのですから」

「いや、割り勘にしましょう。ただ、長くは付き合えませんが」

二人は互いに笑みを浮かべると、下の階の通路を一巡りした。そして二軒ある中華料理にして、山側の店で聞いた。

「外は見えますか」

「今なら個室があります」

そこに決めると、奥の部屋に案内され、窓辺に向き合って座った。敬は彼女の了解を得てコースの安い方にし、飲み物はお茶にした。

「さっき初めてと聞いたが、旅行でもしてるの」

「港に客船がいるでしょう。今朝、着いたのです。夕食は船で摂るので、昼は抜こうかと思ったのですが」

彼女はシステムエンジニアで、二十四歳という。やがて前菜が来て、口に運んだ。その食べ振りがいい。しかし次第にペースを落とし、顔を向けた。敬も合わすので、コースは順調に進んだ。そして船は一か月かけて日本を一周することや、彼女は一週間だけ契約したのを知った。

「今日は三日目で各地の名所旧跡を見て回るの。後は読書……。船内に図書館があるの」

「俺もそんな旅をしてみたいな」

声を弾ますと、彼女は小さく笑った。

「これは気分転換……。仕事は昼も夜もないの。納期がある時は特にそうです」

そしてその概要と事例を聞き、いくつか質問した。彼女も詳しく答えて、コースの大半が終わった。やがて外は薄暗くなり、街に明かりが点き始めた。遠くの山は暗く沈み、上の空も陰りを深めている。

「それは創造的な仕事だからいいね」

敬は下方の街並に時計を探しながら言った。

「でも、行き詰まる事があるのです。まあ、能力の問題ですが」

「いや、すごいよ。俺は初めから諦めているが」

「そうでしょうか。さっきは目が鋭く光っていた。例えば、探偵のように」

敬が軽く笑ってアイスクリームを引き寄せると、彼女は真剣な目をした。

「じゃあ、山を熱心に見ていたのはなぜ？　店もこちら側にした。景色なら海の方がいいと思うのですが」

「ちょっと都合があって……。しかし俺の目はそんなだった？」

「遠くても分かるもの。だから気になったの」

「それで声を掛けたのか」

「もちろんお腹もすいてました。でも、興味があったのかな……」

敬は頭を軽く下げて、アイスクリームを食べた。外はさらに暗くなり、街の明かりが輝いた。しかし遠くの山は黒く沈んでいる。すると何かあるのかと聞かれ、光るものと答えた。

「あっ、大文字焼きですか。それは今日です。確か八時からとパンフレットにありました」

彼女は声を上げげ、門限は十一時なので、一緒に見られると軽く目を向けた。

「実は、行くところがあるんだ」

時計は五時二十五分を指している。眉を寄せて頷くと、彼女は言った。

「じゃあ、連絡先を教えて。私も教えますから」

敬は名刺に住所と電話番号を書いて渡し、彼女のメモを見ると、有名な家系の名前が書いてある。それで軽く聞くと、それは否定し、苦笑して言った。

「昔は庄屋でしたが、いまは山と畑が少しあるだけです」

「俺のところは祖父の代に破産して、いまは普通のサラリーマンだ」

「いえ、いい会社にお勤めです。社宅か寮があるでしょうが、どうしてアパートですか」

「社会勉強をしたくて引っ越した。だから繁華街の側にアパートはある。しかし中を散歩する程度だ。俺も本当は読書派なのだ」

「どんな本を読まれるのですか」

「ごめん、もう時間がないので」

今度ははっきり腕時計を見ると、彼女は言った。

「あなたの携帯番号は?」

「持ってないんだ。緊急の用事など滅多にないから。必要なら会社にしていいよ」

敬は軽く笑い、伝票を手にした。そして早く失礼する詫びとして支払い、ビルを出た。

「では、ここで。後で電話するかもしれない」

「わたしは街をぶらぶらして、船に帰ります」

互いに笑って手を上げ、左右に分かれた。


農地の先の家並みにある商店街である。アーケードはないが様々な商店が並んでいる。人々は店に出入りし、店頭の商品を眺めたりしている。また喫茶店やゲームセンターに入るグループもいた。

「いつもこんな多いのですか」

小さな男の子と道の端に立ち、あたりを見ている初老の男性に聞いた。

「今日は特別だ。一か月に一度の例祭だから」

「ああ、祭りですか」

「この先に右の神社がある。今日はその山で大文字焼きがあるよ」

指差されたが、建物の屋根に隠れている。しかし道の遠くに、ほぼ平らな稜線が見えた。

それは高層ビルから見たのと同じである。なお首を伸ばすと男性が言った。

「もう百メートルも行くと、二つ並んだ山が見える。その麓に同じ社《やしろ》があり、一か月置きに開くんだ」

「どんな御利益ですか」

「主に縁結びだが、半年に一度、神楽を奉納する。出店は毎回出るけどね」

「それで賑やかなのですね」

「お宅は初めてのようだから、社は両方見たらいい。軒下の彫刻が違うから。急ぐなら東の神社がいい。今日、西は混雑するから」

「違いは彫刻だけですか」

「神様は同じだから。しかし氏子が張り合っている。それで盛大になるんだ」

「一か月置きでは大変ですね」

敬が目を見開くと、男性は口元を緩めた。

「それで観光客が来る。お宅もそうではないの」

敬は苦笑して目を伏せた。男性の瞳が一瞬光ったからである。それで横の男の子に軽く笑いかけて顔を戻した。

「分かりました。では行ってみます」

頭を下げて歩き出すと、背後で声がした。

「願い事なら、右がいい。今日は特にご利益があるから。しかし混むよ」

明るく頷き、歩を進めた。もちろんレースは知られたくないし、先を急ぐ必要を感じたのだ。

前方の歩行者天国を進むと、三十五、六メートル幅の川の土手に出た。先に橋があるが人々は両岸を進んでいる。対岸が多いので、橋を渡った。

アスファルト舗装の土手道は、川側に桜の並木がある。対岸も同じで、どちらかの河川敷に沿って、細い水が流れていた。それではっとした。満開の花に大勢の人を加えれば、あの地下の写真と同じになる。いや、はっきりしないが心が騒いだ。ゴールに近づいた感じがしたのである。そして改めて目を凝らすと、明るい声がした。

「温かいのはいかが、焼き立てですよ！」

樹間に設けたホットドッグの屋台である。軽く笑って横を過ぎると、次の焼きソバ屋が威勢のいい声を上げた。

左の低く続く地所に二階家が並び、隙間に四手《しで》を下げた縄が見える。その左手奥に神社の大きな屋根が、照明に浮かんでいた。背後は黒々とした山で、川の上流がV字型に開いている。

――しかし水の量が少ない……。

敬は視線を戻して首を傾げた。谷間の幅からの感じだが、それは後で分かったのである。屋台が途切れると、人は増え前が詰まった。先に朱色の橋があり、道が横に延びている。社の参道で、橋の上と左右の道に人が溢れていた。

「お参りして戻ってくるまで一時間掛かるけど、仕方ないわね」

女性の声に、敬は逆に橋を渡った。左右に四手が下がる道を進むと、およそ三メートル幅の水路に出た。両側の細い道に沿って家が並んでいる。そこが地区の境らしく、向こう側は人の姿が減り、家の中も静まっていた。

東の神社はすぐに分かった。やはり先程と同じ幅の川があり、朱色の橋の石柱に、『左一の橋』の文字が読めたのだ。ただ、自身は右へ進んだ。それで京都の地名を思い、唇を引き締めた。ここも歴史があるようなのだ。

そこは岸一杯に多量の水が流れている。今度は納得して参道を進むと、大きな香炉があり、奥に低い石段があった。そして巨大な拝殿の前に立った。しかし途中もそうだが、明かりは十メートル置きの街路灯のみである。

「普段は点けないけど、今日は特別よ」

カップルの女性が、隣の男に教えている。

「大文字を静かに見たい人のためなの」

そのせいかあちこちに人影が動いている。敬は大きな屋根と正面の格子戸を見たが、軒下と鴨居の彫刻はよく分からない。それに建物の左右は暗いので、境内に引き返した。

「ほら、光が漏れてる」

「まだ動きは小さいね」

並んで顔を上向けている女性の視線を追うと、山の稜線の下方に小さな明かりがいくつか見えた。

「鐘楼の跡に上がると、向こうの神社が見えるよ」

若い夫婦が子供と通り過ぎていく。後を追うと、四角い石垣の上に人影があった。

「向こうはあんなに明るい」

「それに人が一杯いる」

急な石段の上である。その仲間に加わると、明るく輝く参道の奥にこちらと同じ拝殿が見えた。前面に人々が密集している。

「来月はこちらがああなる」

「では、お年寄と子供は危ないわね」

「それでここに来た。しかし毎回大勢集まるな」

「縁結びの中心だもの。それで知り合う男女が多いのよ」

「うちは安産と開運だな」

若い夫婦が端に移動すると、着物姿の初老の男性と目が合った。

「ここは初めてですか」

敬の顔つきで分かるのか、笑みを浮かべて言った。

「賑やかで驚きました」

頷いて声を励ますと、男性は肩を並べた。

「伝統で、もう何百年もやっている。いや、もっとです。逆に言えば取り柄はこれしかない」

そして前方の家並みに腕を振った。

「ここの全家族が関わってます。祭りは一か月置きでも準備に同じ時間がかかるから、休みは殆《ほとん》どないのです」

さらに細分化した班とその役割を説いた。その後、敬は周囲を見回して言った。

「ここは鐘楼の跡と聞きましたが、昔はお寺だったのですか」

「実は両方ありました」

男性は声を潜めた。

「明治の初めに政府が制度を変えたのです。いわゆる廃仏毀釈《きしゃく》で、仏像など多くの宝物を壊しました。それでこの台座のみ残りました」

そして昔は朝夕の鐘を撞く度に人々の動きや街の活気を観察して、良いリーダーになろうと心掛けた先人の話をし、その関係が今も続いていると目を細めた。

「いい伝統ですね」

「街衆と社は、家族同然ですから」

「それで祭りが長く続くのが分かりました」

改めて対岸の社に視線を伸ばすと、上部の山肌に明かりが点々と見えた。それはほぼ直線で、先端は大文字焼きの現場に達している。

「あの登山道は誰でも入れるのですか」

「係のものだけで用が済むと入口を閉じます。私のところも来月の祭りまで立ち入り禁止です」

それで相手は宮司さんと分かり、唇を引き締めた。ゴールは山上と考えていたからである。

しかしなお目を凝らすと、軽い声がした。

「ただ、お山は上流に続いてますから」

男性は作業用の道が別にあると話して、首をすくめた。

「でも、上る人はいないでしょう」

敬は内心希望が湧いたが、神妙な顔で言った。そして頭を下げて、側を離れた。石垣の下に、二十五、六の若者が近づいてきたからである。

二、第1の鍵

参道の橋を渡ると、土手道を上流に曲がった。しかし大文字焼きも気になる。それに前方の丘に洋館が見え、屋根にレストランのネオンが白く輝いている。その入口に近づくと、長い石段を上る人影があったので、足を向けた。

上は庭が広がり、奥に洋館がある。中へ延びる道を辿ると玄関前に着いた。左右に篝火《かがりび》が燃える台があり、周囲の人影に制服姿の女性がいる。

「飲み物だけでもいいですか」

「はい。庭と屋上のバルコニーがありますが?」

「では、バルコニー」

「今日はお相席になりますが、よろしいでしょうか」

軽く頷《うなず》くと、ホールのエレベーターを教えられたが、奥の階段を上がった。

「いらっしゃいませ」

やはり制服の若い女性が明るく頷き、外に導いた。そこは横に長い三十坪くらいで、三列あるテーブルの多くに人の姿があった。敬の席は中の列の手前から二番目である。

「コーヒーとケーキセット」

「ケーキはお任せでよろしいでしょうか」

注文を終えて時計を見ると、八時十分前である。するとバルコニーの奥で、数人の男女の笑い声がした。先に黒く聳《そび》える山があり、一角に先程より多くの明かりが見えた。そして人の影がいくつか浮かんだ。

「若い人は元気がいい。私はこんな格好だ」

向かいの席から声がして、顔を向けた。五十半ばの男性がコートを着たまま坐っていた。テーブルに二つのグラスと、スモークサーモンの大皿がある。

「そういえば少し冷えてきましたね」

「しかし風がないからいい」

それに頷いて、左右を見ると、また男性が言った。

「お宅は駅から来たの？」

「はい」

「じゃあ、人身事故を見なかった？」

「昼前でしょう。電車に乗る時、放送がありました」

男性は頷き、グラスの液体を口にした。敬がまた周囲を見ると、照明が急に暗くなった。

「あと一分で点火です。大文字を目立たせるためなので、皆様、ご協力お願い致します」

女性のアナウンスにあちこちで歓声が上がった。中には手摺《すり》に移動して山を見上げる者もいる。すると黒い山肌に炎が一斉に浮かんだ。

下方でも、人々の喚声と拍手が起きた。炎はつながり『大』の文字が太くなる。そしてさらに勢いを増した。

「お待たせ！」

斜め前で弾んだ声がした。薄いコートを着た四十代の女性が、艶やかな顔に満面の笑みを浮かべている。

「ああ、妻です」

男性は頬を緩めて右腕を振り、敬は急いで頭を下げた。

「どうも。相席させて貰ってます」

「こちらこそよろしく。所用があって失礼しました」

女性は軽く頷くと、男性の横に坐り、何か耳打ちをした。すると男性が顔を赤くして言った。

「実は身内が行方不明だったのです。しかし所在が分かりました」

「主人は鉄道の人身事故を心配したのです。弟が会社を倒産させたものだから」

「おい！」

「大丈夫。もう解決するから」

女性が表情を硬くして目を伏せたので、敬は席を立った。そしてバルコニーの角から下方を眺めた。

それは東（左）の川で、水面が広がる岸辺に沿って、外側の道が上流に消えている。さらに西側に移ると、樹木の間に水が少ない川が見えた。やはり外側の道が上流に延びているが、先端に鉄製の堰《せき》があり、上部を水がわずかに越えている。

顔を上げると、高い山肌に『大』の文字が赤く燃えている。上下に揺れる炎は周囲を赤く染め、下方に密集する人々の頭を黒く浮かび上がらせた。

——先程の光が集まったのかな……。

よく分からないが、レースを思い出して、少し焦った。

「ケーキセットが来てますよ」

席に戻ると、男性が笑みを浮かべた。

「何か見えましたか」

苦笑してコーヒーを口にすると、奥さんが言った。

「昔の街並と城跡があるけど夜ですからね。それよりこれからご一緒しませんか。今日は結婚記念日なので、部屋を取ってあるのです」

男性も大きく頷いたが、敬は用事があると断った。

「しかしまだ大丈夫です。それは何回目ですか」

「ちょうど二十回です」

奥さんが力強く言った。それで馴れ初めを聞くと、男性が頷いた。

「ここで相席になったんです。今のあなたのように」

「私たちは別々のグループで来ていて、互いに仲間とはぐれたの。それでここに来たら席が一緒になった。あの時はもっと混んでいたわね」

「だから店を出て、川沿いの道を歩いた。桜が満開だったから」

「その半年後に式を挙げたの」

敬が笑みを浮かべて二人を見ると、奥さんが言った。

「そういう方はいらっしゃらないのですか」

「まだ一人でしたいことがあるので……」

「それは何？」

「時間と才能が必要な仕事の一つです。まあ、芸術方面とお思い下さい。しかし今日は大変勉強になりました。人の縁は思わぬ出会いから始まる。それがお二人で、とても楽しかったです」

「では、もうお目にかかれないのですか」

「まだこのあたりにいるので、可能性はありますが……」

敬は腕時計を見て顔を上げると、明るく言った。

「今日は本当におめでとうございます！」

頭を下げて出口に向かうと、後ろで軽い溜め息が聞こえた。


今度は玄関前の車道を下りると、西（右）の川の土手道に出た。そこは多くの人が上流に向かっている。同じ方向に進むと、密集した人波と前方に広い川面が見えた。そして路肩に電話ボックスを見つけた。

「あっ、きれい！　これいいでしょう」

先の出店で、若い男女が顔を寄せ合っている。女性用のアクセサリーらしく、女連れの客が他にもいた。

「じゃあ、記念にするか」

買ったのは竹炭のブローチで、二人は腕を組んで人混みに紛れた。

敬は荷台の前で目を見張った。黒いブローチの中央が金色に光っている。漆を塗った表面に金粉を載せたもので、周辺にちりばめた赤や緑のガラスと共に美しい光を放っている。値段を聞くと、軽い声が返ってきた。

「二千五百円ですが、もう安くしますよ」

数は十個足らずで、デザインに優劣がある。その優を二つ選ぶと、四千円になった。

「ありがとう。ここでいつもやってるの」

「はい、またお願いします」

それぞれの紙袋をポケットに収めて、電話ボックスに引き返す。先客がいたがすぐに出たので中に入り、先程貰ったメモの番号を押した。

「さっきはごちそうさまでした。用事は済んだのですか」

「これからだ。しかしちょっと掛けてみたんだ」

「私はタクシーで帰ったところ。あれから街を歩いて、大文字焼きを見たの」

「まだ見えるだろう。実は川を挟んだ麓にいるんだ」

「では、賑やかでしょう」

「人で一杯だ。だから神社にはまだ行ってない」

「今日はご利益が万倍になるの。三巡りと言って若宮様と水神様を加えればそうなるらしい。パンフレットに書いてあるわ」

敬が頷いて、前方の様子を伝えると、彼女は言った。

「それよりまた会わない？　私、旅行をやめてもいいの」

「それは無理だ。いまから約束があるから」

敬は自身も旅の途中と告げて、電話を切ろうとした。すると彼女が声を高めた。

「それ、危険はないですね」

「ああ、軽い山登りだから」

そして船旅の安全を口にして、電話を切った。

山上の炎はなお見えるが、ピークを過ぎている。その終わりまでが勝負と考えているので、急がなければいけない。再び上流に進むと、店仕舞をしていた先程の主人が、声を掛けた。

「何かお忘れですか」

「対岸の若宮様に行きたいのですが、橋はないですね」

「代わりの地下道があります」

主人は上流に腕を振った。

「そこに人が集まってるでしょう。あれは水神様で、洋館がある丘の石垣に対岸への入口があります。可動式の堰と一緒に造ったので、どちらの岸にも行けます。しかし対岸は混みますよ」

「若宮様とは誰のことですか」

「本当はよく分からないのです。ただ、災難の防止に力があるので人気が高いのです」

「あんなに人がいると、事故は起きませんか」

「要所に警備員を配置しているから大丈夫です。私もこの後、交替で立つのです」

「それは大変ですね」

敬は深く頷いて先に進み、水神様の広場に入った。そこは出入りの人が渦を巻くように動いている。やっと右端に出ると、丘の石垣に四角い空間があった。左右の石柱に明かりが点き、法被を着た人が立っている。人々はその間を整然と下りていく。敬も石段で折り返して床に着くと、通路は先で二手に分かれた。列は左に続いている。しかし前方が密集しているので、足を止めた。すると右の通路で、法被の係員が声を上げた。

「立ち止まらず、前に進んで下さい」

「すみません。この上流に橋はありますか」

敬はとっさに言った。

「ああ、八十メートル先です」

その間、男性が通り過ぎたので、素早く頭を下げ、後に続いた。

――東（左）の川が三十五、六で、上流の橋まで八十メートル。その幅が七十一、二で、戻って八十弱か……。

敬はおよそ二百七十メートル回り道をしても時間は釣り合うと判断して、右を選んだのだ。

そして数歩進むと、後方であの声がした。

「ハッピー」

しかし足は止めない。すると「パートナー」の声が、似たような場所で聞こえた。それも左の通路である。

敬は優勝はもう無理と思っている。ただ、レースの経験が今後に資すればいいのである。それで足を速めると、後方に「ハッピー」の声がまた響いた。

その必要はもうない。苦笑して上りの階段に達し、地上に出た。

そこは急な山の麓で、川沿いの道を大勢の人が歩いている。やはり両側の石柱に法被の係員が立ち下流に腕を振っていた。

「ここは出口専用だから、入れません」

そういえばこちらは前を行く男だけなのだ。それも人の流れに加わり、下流に消えた。敬は流れを無理に横切り、川岸に立った。

幅は七十メートルをかなり超えているが、両岸に平らな水面が広がっている。ただ、手前の半分は表面をやや波立たせて、下流に流れている。水面に光が伸びているのは対岸の上流で、岸辺にさらに明るい光が広がり、騒々しい物音が響いていた。

「すみません。あれは若宮様ですか」

「ああ。混んでるだろう。やっとここまで帰れた」

「この列はあそこから続いているのですか」

「三巡りの客が多いから、上流の橋を渡るまで、一方通行にしたんだ」

立ち止まって頷いた男性が去ると、敬は唇を噛んだ。それでは対岸に渡れない。いや、ゴールは山頂のどこかと予想したので、レースの支障になる。優勝は諦めても、それなりの成果は残したいのだ。それで取りあえず橋までと考えて、上流に進んだ。すると右手に石の鳥居と細長い境内が現れた。防犯灯の明かりが奥に延びているが、人の姿はない。対岸の若宮様と同位置を確認して視線を上げると、大文字の火が斜めに見えた。炎はなおあたりを赤く染めている。そして山肌に明かりを掲げた人の列が見えた。

「あの人達は誰ですか」

また人を呼び止めて聞いた。

「熱心な信者で、お山の火を拝んで帰るようです」

「普通の人も上れますか」

「知り合いがいないと無理です」

敬は頭を下げて、端に戻った。やはり正面からの登頂は難しいが、時間はまだある。再び人の流れを横切ると、鳥居の下方に出た。その横に電話スタンドを見つけ、急いで近寄った。

「いまどこですか?」

業者の川口が明るい声を上げた。

「大文字焼きの山の麓だ。公衆電話はもうなさそうなので掛けたんだ。これから山に上るから」

敬は左右を見ながら、声を潜めた。

「ずいぶん騒がしいですね。何かあるのですか」

「祭りだよ。それで人が多い。さっきは出店も見たし」

「掘り出し物はあったんですか」

「ブローチを買った。記念にしようと思ってね」

「じゃあ、私は食べ物なら何でもいいです」

川口は軽口をたたいた。

「いいよ。ところでまだ休みを取るかもしれない。来週の月曜日、彼女に伝えてくれないか。俺なら文句を言われるから」

「市村さんですね。でも、いまから上って大丈夫ですか」

「二百メートル程度だからどうにでもなる。ただ、その先がありそうなんだ」

「……」

「いや、何もなかったら、日曜日に帰る。そのとき詳しく話すよ」

「心配ですね。山は真っ暗でしょう」

「他にも上る人がいるから大丈夫。じゃあ、後がつかえてるから」

敬は陽気に応じて受話器を置いた。やはり電話を使うのか、こちらを見ながら中年の女性が近づいて来たのである。


石の鳥居を潜ると、谷間に平地が開け、奥に小振りの社があった。狛犬の先に御手洗の小屋がある。前に立つと、境内を囲む柵の外に細い道が見えた。

「そこから山に上れますか」

近くの石段を下りてきた人に聞くと、目を見開いて頷き、通り過ぎた。

敬は社に頭を下げて、入口に引き返した。細い水路がある急な山裾を上ると、社の屋根が右下方に迫った。先は暗くなるが、後方は、人波の向こうに白く浮かぶ川と対岸の明かりが見える。そして山上に大文字の炎が輝いていた。

社を過ぎると道は急になり、樹木の枝が頭上を覆った。ただ、上弦の月があり、空が開くと視界はわずかに利く。岩場を数段上り、不安を覚えた時、横の道に出た。白っぽい土の上を上流に進むと、下方に人の声が聞こえ、ときにその姿と暗い川面が見えた。そして先が開けた茂みの横で足を止めた。

下方に、街路灯に照らされた橋の全景が見える。やはり幅一杯の人波が手前に動き、下流へ曲がっていた。

「ここは上れません」

法被の係員が両腕を広げている。道は少し先で繋《つな》がっているのだ。それで前方に目を凝らすと、山側の斜面に『登山口』の木札があり、矢印が上流に向いていた。

そこは左に緩く曲がる川の奥に明かりが広がっている。村が開けているのだ。それで宮司さんの話が分かったが、これでは動けないし、時間が経つほど不利になる。敬は少し考えて方針を変えた。祭りは左右が同じなら、こちらの山でも実体に迫れると判断したのである。

茂みの先は右の草地に細い道があった。上方に樹木が広がっている。近道と考えて上ると、樹木の中の道に出た。今度は傾斜が逆になり、下方の川と対岸の山が右手に変わった。稜線の一角がほのかに明るいのは、大文字焼きの炎が残っているのだろう。それで慎重に足を運んだ。人に会うのを恐れたのだ。しかし山の角を二度曲がった時、前方に黒い人影が現れた。

「今晩は、いい夜ですね」

敬が声を掛けると、人影は足を止めて目を凝らした。やはり法被を着ている。

「どこへ行かれるのですか」

「忘れ物をしたので、取りに行きます」

「ああ……」

「では、お休みなさい」

敬は法被を着る手つきを戻すと、軽い会釈をして横を通った。人影は何か言いかけたが、澄まして坂道を上り、山の角に来た。そこはゆっくり曲がり、急いで先の茂みに入った。もちろん音は抑え、足跡を木の葉で隠した。いずれ追手が来ると考えたのだ。

しばらく様子を見て移動すると、前方の樹間に明かりが二つ見えた。懐中電灯が左右を照らしながら下りてくる。そして岩陰に隠れ、声が聞こえた。

「もういてもいいが変だな。部長はこの先と言ったが、明かりを見て隠れたかな」

「そこまで消してきたから、もっと上で会うはずだ。途中で引き返したらいいんだが」

「それか横にそれたか」

「その様子はない。それならマムシにやられて手間が省ける」

「では、まだ下りますか。しかし部長は止められなかったのかな」

「うまいこと言われて、つい見逃したらしい。俺たちがいるからな。おかげでお山を早く下りられるからいいか」

懐中電灯の明かりが下方で揺れると、角を曲がり、あたりは暗くなった。しかし登山道はもうダメだし、マムシも気を付けなければいけない。ただ、木立の中に藪はあるし、斜面も急なので木の根や幹を掴んで上った。そして大きな木を回ると、前方はやや平らになり、深い草地と岩場が現れた。

先は頂上で、松の木立の他に人の姿はなかった。しかし注意して幹の横に出ると、遠くに街の明かりが見え、足元に密集した家並みがあった。ただ、隣の山頂に炎は見えない。目を凝らすと、懐中電灯の明かりが動いていた。後始末の人のようで、目指す金の塀は見当たらない。それは既に終わったのか、元々ないのか、目を離したので分からない。いや、ゴールの設定が正しかったかどうか迷うのだ。それで足元の斜面に目を凝らした。

木々の間に円形の草地が静まっている。大文字の焼き場で、半円の竹を連ねた垣根と内側に細い道が沿っている。そして円の右下に物置らしい小屋を目にした。

ただ、足を踏み入れるのはためらいがある。しかし少しだけと頷いて、右の半円を下りた。やはり小屋の前に登山道が接している。先の角で無人を確認し、焼き場に入った。そして大の字の下を過ぎて、端の地面に突き出た片屋根に近づくと、後方で人の声がした。

「ここで見つからないと、今夜は山狩りか」

さっきの二人である。敬はとっさに片屋根の陰に隠れ、腰を屈めて走った。そして竹の垣根を越えて身を伏せた。

「足跡はないか」

二人は円形の頂上に上がり、懐中電灯を動かしている。そこも落ち葉で偽装したが、いずれ見つかるだろう。しかし尾根は東へ延びている。それに今日は、何事も最善を尽くすと決めていた。

「もうお山を下りたのではないですか。登山道は上流に続いているから」

「その薪小屋の留守番が、誰も通らなかったと言っている。だからどこかにいるはずだ。やはり何かを探りに来たのかもしれない」

「何かといいますと？」

「それはいい。早く見つけるんだ」

さらに下方を照らしている。敬が次の茂みに潜り込んだ時、何か動いたと甲高い声がした。しばらく光が交差し、また声がした。

「あの篝火の台でした」

「じゃあ、確かめてこい」

「一緒に行かないのですか」

「先に逃げられると行方が分からなくなる。そこにいなかったら、濃い影を探せ。それで追い出すんだ。それと片屋根の戸口を見ろ。封印が切れてなければ問題ない」

すぐに斜面を滑り降《お》りる音がした。これならまだ余裕がある。しかし片屋根はやはりと思った。そこで最も怪しかったのだ。しかし急いで斜面を上ると、頂上の手前で声が響いた。

「靴跡発見、片屋根の前です」

「封印は？」

「そのままで、足跡は東へ続いてます」

「じゃあ、すぐに追え！」

そして新たに斜面を下りる音がした。

敬は音を立てずに稜線に上がる。地面に手をついたまま左右を見ると、眼前を薄い影がよぎった。木の葉と思って立ち上がると、また同じ影が落ちた。

正面の大きな岩を見上げると、白い人影があった。ベールを被った若い女で、口に指を当てて頷くと、横に腕を振った。その数メートル先にまた白い影がある。そして軽く手招くので顔を戻すと、ベールの女が低く言った。

「どうぞ、そちらへ」

白い影はやや年上の女で、横の茂みに片手を向けた。縦に細い隙間がある。

「もうどこへ逃げてもダメです」

そして低く頷くので、隙間に入った。すると女は足元を素早く掃き、茂みを閉じた。そして顎を振るので、奥へ進むと、ベールの女が待っていた。

「あなたは慎重なところと軽率なところがありますね。それはともかく安全な場所へご案内します」

「しかし山狩りがあるようですが」

「身内だから何とかなります。いまは規則も厳格ではないのです。山狩りも一度したらないでしょう」

後ろで年上の女が言うと、ベールの女は首をすくめた。

「それより祭りの準備が大変なの」

「仕方ないの。皆そうして責任を果たすのだから」

「私は違う事をしたいのです」

「それは無理よ。大事なのは血統なの。それであなたは選ばれたのだから」

「お義姉《ねえ》さんも資格があります。だから身代わりになって貰いたいの」

「佳子《よしこ》ちゃん待って。こちらの方が驚いておられるじゃない」

年上の女は低く頷くと、敬に言った。

「この娘は次の祭神なのです。でも、それを嫌がるので、気晴らしにこうしたのです」

「違う。私はこの人と逃げたいの。いいえ、別の世界を見たいのです」

敬は目をしばたたいた。思わぬ展開に希望が湧いたが、神妙に口を開いた。

「私は街の夜景を見たくて、つい上ってしまいました。しかし女性も強い独立心があるので、感心しました。できれば応援したいです」

するとニ人は笑みを浮かべた。しかし誠実が大事と考えて、さらに言葉を継いだ。

「もちろんいろんな可能性があるので、邪魔はしません。いいえ、私にそんな力はありません。いまは追われる身ですから」

「それは構わないので、ご意見をお聞かせ下さい」

佳子が真顔で言うと、年上の女は首を振った。

「それは後にしましょう。これから部屋に参りますので、先ずはそこでお休み下さい」

そして先に歩き出すと、佳子が目を向けた。敬は腕を振り、先に行かせた。その時、後方で男たちの声がした。何か見つけたのだろう。しかし斜面の下方で、言葉も明瞭ではない。敬は軽い吐息をつき、二人を追った。

やがて松の木はまばらになり、大きな岩が続く道に出た。前方はなだらかに下がる深い森で、頭上に星空が広がっている。中の北斗七星を見て顔を戻すと、二人は消えていた。急いで岩の角を曲がり、足を速めると、横から白い手が伸びた。

「こちらです」

岩の間に隙間があり、年上の女が横に顔を向けている。敬も横向きに入り、カーブに合わせて進むと、やや広い空間に出た。

「これから中に入りますが、お連れするところ以外は動かないで下さい。もちろん佳子とはよく話をしていただきます」

しかし迷った顔をすると、彼女は声を潜めた。

「これが知れたら、面倒なことになります」

「私もそれが心配なので、やめますか」

「それなら祭神を断ります。邪魔されたら谷に飛び込むし、無理なら絶食して命を絶ちます」

佳子が瞳を光らすと、年上の女は顔をしかめて敬に言った。

「それなら多くの関係者の協力が無駄になります」

「祭りをやめるのですか」

「いいえ。ただ、実らぬことをさせるのが心苦しいのです」

すると相手は一人なので他はみなそうなるではないかと、佳子が口を尖《とが》らせた。

「チャンスは誰にもあります。だから祭神不在は困るのです。それに神事は一人ではできません。固めの杯等、二人ですることが多いのです」

年上の女は諭すように言い、敬は代役の可能性を尋ねた。

「分かりません。そんなことは一度もないですから」

さらに真剣な目をして、頭を下げる。やはり佳子を納得させたいのだろう。敬もここまで来たら断る理由はない。それで低く頷くと、二人は頬を緩めた。

「これが仕掛けです」

年上の女が壁の岩を動かすと、小さな洞穴が現れた。

「では、私についてきて下さい」

佳子が腰を屈めて入り、敬は後に続いた。奥は暗いが数歩進むと、足元が明るくなった。佳子が懐中電灯で照らしているのだ。そこは頭上が高いので、横に立ち上がると、背後で物音がして、年上の女が入ってきた。そして通路をスライドする板で塞《ふさ》いだ。

「外は岩と区別できないし、鍵も掛けるので、誰も入れません」

佳子がささやくと、年上の女が言った。

「でも、ここは来ないで下さい。定期的に係の者が見回りに来ます。これから行く場所は私たち専用なので心配ありません。ただ、見回りが外を通るので、気を付けて下さい」

「分かりました。会社があるのでお尋ねしますが、私はどれくらい居たらいいですか」

敬は軽い口調で言った。本当はここから帰れるか、とても気になるのだ。

「今日、山狩りになると、二日ですか……」

それならいいが、三日なら月曜日になるので、休暇を追加しなければいけない。顔をしかめる市村を想像して軽い吐息をつくと、佳子が好奇の目を向けた。

「どんなお仕事ですか」

「事務部門で、家庭に喩《たと》えると、主婦の仕事です」

敬は所属の課を伝え、工場で使う資材や物品を購入する役目と告げた。

「では、一人では無理ですね」

「だから五つの係に分かれています。私は大きな分類に入らない品物も扱うので、種類が多く忙しいのです」

佳子の瞳が輝き、何か言おうとすると、年上が言った。

「まもなく見回りの時間です。もう部屋に行った方がいいでしょう」

三人は下に続く石段の前に、並んで立った。

「ここからは音がよく響くので、靴を脱いで貰えますか」

敬は両手に持ち、また一列に並んだ。先頭は佳子で、敬が続き、後方に年上の女がいる。そこは懐中電灯の明かりで、左右の壁が青白く光る。そして自身のシャツや二人の白い上下が鮮やかな青に染まった。

「ここは何か塗ってあるのですか」

軽くささやいても声が響く。しかし二人はただ頷くだけで、秘密めいた雰囲気がある。それで佳子の背中を見ていると、一坪の踊り場になり、横に引き戸があった。


「こんな立派な建物があるとは思いませんでした」

二部屋に台所を見た後、和室の座卓に向き合って座ると、敬は声を弾ませた。奥の部屋の床の間には二羽の鶴を描いた掛け軸に、陶器の香炉が置かれ、二段の違い棚に、青磁の壺と子供の陶人形があった。もちろん電気の照明に、トイレと風呂が完備している。

「ここは祭神の休憩所です。いろんな訓練があるし、お付きの者も多いので、息抜きをさせるのです。まだ五日使っただけですが」

年上の女が頷くと、佳子は金色の鍵を見せて言った。

「掃除は毎日あるけど、明日はどうしたらいいかしら」

「夜は私がいるだけだから、二日休ませる。理由は何とでも付くから」

「じゃあ、明日も起こしてくれる？」

「もちろん。この人がいても、あなたの世話は欠かしません。それが私の仕事だから」

年上の女は頷くと、敬に顔を向けた。

「詳しく申せませんが、下に本部があり、多くの者が働いています。ただ、祭神は特別で、皆と雑談もできなくなるのです」

「学ぶことが多すぎるの。いえ、この役目したくないのです」

「またそれを言う。望んでもなれない人が殆どなのに」

二人は軽く睨み合い、敬は遠慮がちに言った。

「いいことは誰でも自分を中心に考えますが、それが他人も共有できればなおいいです。祭りはそういうもので祭神はその象徴です。つまり皆を幸せにする、君にそれだけの器量があるということではないですか」

佳子は苦笑して、年上の女を見た。それで彼女に聞いた。

「祭神は一番の男と式を挙げると聞きましたが、その後はどうするのですか」

「二人で余所へ移りますが、場所はよく分かりません。いえ、関係者全員が移動します」

「え、どこへですか？」

それも分からないと、年上の女は顔を赤くした。

「でも与えられた役目を日々全力で務めています。それを否定するから困るのです」

「だって、毎日同じことをするだけだもの」

佳子は退屈そうに言うが、敬は皆が移動する意味を考えている。すると年上の女が時計を見て言った。

「今日は特別に、十時から会合があるのです」

時刻はその十二分前である。思わず目を合わすと、眉を寄せて言った。

「今夜のお食事ですが……」

「お構いなく。野宿をするところでしたから」

ではあるものでいいかと、冷蔵庫と水屋に連れていかれ、扉を開けて説明された。それぞれ上質の食材と野菜の他に、二、三の果物や菓子類がある。

「お風呂はさっきセットしたので、もう入れると思います」

「本当にお構いなく。ここで寝られるだけで十分です」

時計に顎を振ると、二人は急いで出ていった。そして入口の鍵を掛ける音がした。

敬は深い吐息をついた。特別会合もそうだが、ここを無事に出られるか気になるのだ。しかしまず体力と考えて、生ハムとフランスパンに牛乳を摂り、大きいリンゴをデザートにした。

そして風呂は湯船に入らず、頭と体を洗って部屋に戻った。

テレビを点けると、大文字焼きが現れた。黒い山肌に文字が赤く浮かび、遠景になる。そして参道と境内の賑わいや生き生きした人々の顔が映った。

一端を目の当たりにしたし、側にいるので親しみがある。しかし次の花火の画面で消した。どこかの大会のようであるが、それも見慣れている。いや、家の外が気になり、庭のガラス戸を開けた。そこは玄関前と同じ平らな岩が広がり、四、五メートル先にやや高い生垣がある。足元のスリッパをはいて見上げると、岩が頭上を覆っていた。それに生垣の外は急な崖で、左右も垂直な岩が続いている。そして遠くに同高度の山の稜線と星空が見えた。

これでは逃げ道はない。苦笑して部屋に戻ると、階段の下方に足音が聞こえた。それは二人で、響きも強い。急いで奥の部屋に移り、押入れの布団を出して潜った。戸を叩かれても知らぬ振りをするつもりだったが、足音は上に進んだ。時間を計ると、一分四十秒後にまた聞こえた。そして十五秒で戸口に達し、やはり十五秒で聞こえなくなった。

それで頂上は一分五十五秒の半分以下と考えた。いや、上で休んだり、チェックを入念にすると、三、四十秒の距離に縮まる。初めて下りた時は長く感じたが、ほぼ感じはつかめた。しかしなおじっとしていた。

そして眠ったのか、人の気配で目を開けた。年上の女が正座して、顔をのぞき込んでいる。左右に視線を動かすと、軽く言った。

「佳子は来ません。寝室が別にあるのです。その係もいるので、ここは私が使っています。食事とお風呂は済まされたようですが、御用があればおっしゃって下さい」

それもチェックしたのかと唇を引き締めると、彼女は立ち上がって言った。

「もしなければ、お風呂に入らせていただきます。水は貴重なので無駄にできないのです」

「あっ、ついお言葉に甘えてしまいました」

後ろ姿に声を掛けると、襖が閉まり、布団をはね除《の》けた。偽装のため敷布団はなく、シャツとズボンのままである。そのズボンもよく叩《はた》いたとはいえ、山歩きの汚れが残っているのだ。

顔をしかめて横を見ると、床の間に、新しい浴衣と帯が置いてある。一瞬迷ったが、浴衣に着替えた。すると鐘と太鼓の音がかすかに聞こえた。照明を消してガラス戸を開けると、「よーい、よーい」と叫ぶ大勢の声が、数か所に聞こえた。山狩りである。端の生垣からのぞくと、遠い山の麓に懐中電灯の明かりが帯状に動いていた。それは上方へゆっくり進み、一部が樹木の陰に消えた。

「明かりを消さないでも、生垣があるので、下からは見えません」

いい匂いに振り向くと、縁側の暗い裸像が、ほのかに白い歯を見せた。

「頂上まで来ますが、ここは大丈夫です」

手招きに応じて部屋に入ると、暗闇で声がした。

「侵入者の話が会議で出ましたが、道の足跡で、東に逃げたと判断したようです」

「私のことは言わなかったのですか」

「あなたは安全と分かったので……。私たちの見立てが当たり嬉しいです」

敬が疑問の声を上げると、階段でシャツが青く染まった訳を告げた。

「あれは警備システムで、あの色なら、問題ないことが分かりました」

「それは嬉しいですが、どんな基準ですか」

「悪い病気や危険な物を持っていない。もちろん悪人はいけません」

「私は逃げる途中だったのですが」

「でも、澄んだ目をしておられました。佳子もそう感じたので、お誘いしたのです」

そして明かりが点き、浴衣を着た年上の、いや、二十歳くらいに見える女性が、ミカンジュースのグラスをのせた盆を運んできた。

「君はそんな若かったのか」

「化粧を落としたからでしょう。本当は佳子より二つ上の二十一歳ですが、役目上ああしているのです」

それで名前を聞くと、あつこと名乗って、温子の漢字を教え、盆に腕を振った。

「ビールの方がよかったかもしれませんが、風呂上がりはこれを飲むので、すみません」

「いいよ。私も普段酒は飲まないから」

グラスを掴み、乾杯の真似をして一口飲むと、敬は満面に笑みを浮かべた。上品で深みのある味が口腔に広がったのである。

「こんなの初めてだ。産地は知ってるの？」

「いえ。冷蔵庫に入っていたので、私も好きになりました」

温子《あつこ》は三食を下の食堂で摂るが、日曜は自炊をするので一週間に一度、食料が補充されると教え、料理はまだ上手にならないと苦笑した。

「日曜日は彼女も一緒なの？」

「特訓がない時はそうなりますが、寝室は別なので一緒に食べるのはお昼だけです」

「それでは休憩にならないね」

「一か月ちょっとのことなので、構いません」

敬が頷いて、残り少ないグラスを持ち上げた時、近くで山狩りの声がした。ただ、岩の上部を回って遠ざかるようだった。

「ところで二人が知り合ったのはいつなの」

「一週間前で、この仕事はどこも同じです。一か月強働いて、次と交代する。だから付き合いは短いですが、中身は濃い。そしてどこかへ去っていく。それが私たちの交流です」

「潔いね。じゃあ、ここの前は、何をしていたの」

温子は目を宙に浮かすと、少しして小さく笑った。

「大勢で消毒室に入ったのは覚えていますが、その前は何も浮かびません」

「家族や住所も？」

驚いて顔を見たが、深刻な様子はない。それで質問を変えた。

「彼女は美人だが、どんな人なの？」

「真面目で正義感が強いです。人付き合いもいいですが、少し怖いところがあります」

温子は頷いた。

「ときに違うことをわざとするのです。でも、途中で直すから周りは分かりません。理由を聞くと、決まったことをするのは面白くないと言うのです。だからいつかとんでもないことをしそうで、心配なのです」

「頭がいいんだね」

「はい、テレビや映画の先を当てるのでつまらなくなります。でも、義理堅いので、私に迷惑を掛けることはないと思います」

「そうか。不満はないの。自分のためには何もしてないようだが」

「私は役目が果たせれば、それでいいのです」

温子はジュースを飲み干すと、正座をして言った。

「もう夜も更けたので、お休みいただこうと思うのですが」

時刻は十一時三十五分である。敬がトイレに行って戻ると、奥の部屋に招かれた。

「お布団はこれしかないので、お願いします」

花柄模様の一組が中央に敷かれている。先程使ったものだが感じが違った。いや、枕が二つ並んでいる。慌てて座布団でいいと首を振ると、温子は顔をしかめて言った。

「そうされないと私が困ります」

「君は男と寝るとどうなるか知ってますか」

「いえ。ただ、おもてなしをしたいのです」

敬は軽く笑い、奥に体を上向けて横たわった。すると温子が隣で同じ姿勢をとる。肩がわずかに触れるが、自然な様子である。それで優しく言った。

「ありがとう。今日は疲れたのでこれで休むよ」

「あ、おやすみなさい」

また素直な声がした。そして寛ぐ気配がしたので、目を閉じた。すると眼前にあの白い数片が落ちていくのが見えた。いや、ここは妙な世界と思うのだ。そして自身も寛ぐと、急に眠気が襲ってきた。


次に目覚めたのは六時である。しかし温子の姿はなく、台所の食卓にご飯と味噌汁が用意してあった。共にラップが掛けてあるが、まだ温かいので、急いで顔を洗い、箸を取った。

「へえ、本当は上手なんだ……」

おかずは厚焼き卵に白菜の漬物で、豆腐とネギの味噌汁も口に合う。満足して食器を流しに運ぶと、横の台に魔法瓶と料理を詰めた大皿があった。メモにお茶とお昼の弁当とあり、午前中は帰れないと記してある。

敬は軽い吐息をついた。それなら時間は十分ある。ただ、その間どう過ごすか迷うのだ。しかし食器を丁寧に洗って水屋に収め、奥の部屋に戻った。

まず布団をしまうが、監視カメラ等が気になり、枕を調べて、押し入れに入れた。そして部屋を見回し、掃除機の横にあるシュロ箒を手にした。物には触れないが、それを使いながら部屋を動いた。しかしカメラは見つからないし、マイクはもっと分からない。ただ、畳はきれいになったので、しばらく風を通してガラス戸を閉めた。すると岩に伝わる足音を聞いた。それは上りで、昨夜と同じ時間を刻むと、下方に消えた。

時刻は七時二十分である。今日は土曜日で会社は休みであるが、暇つぶしに読む新聞がない。テレビは民放のワイドショーなので、ＮＨＫに変えると、ニュースが続いていた。それは九州の地震で、町の様子を伝えると、天気予報になった。敬はまだこの地をはっきり知らない。しかし歩いた方向と時間でおおよそ判断するのだ。ただ、東日本はみな晴れのマークなので首をすくめた。それから旅番組を観て、民放の報道番組に変えた。これは毎週観ていてチャンネルも同じなので、違和感はない。しかし途中で消した。音は抑えたが、電気を使うのはまずいと気付いたのだ。それから緊張して、外に耳を澄ました。そして二時間後、階段に足音を聞いた。もういいかと思っていたので、顔をしかめた。

音は戸口で止まった。しかし五秒後に動き出し、二分で戻ってきた。今度は戸を叩くかと身構えると、そのまま通り過ぎ、体の力が抜けた。しかしなお静かにしていると昼が近づき、弁当を開いた。ただ、テレビは点けずに食事を終え、お茶を飲んだ。そしてあれは定期の見回りと判断して、心を静めた。しかし食器を片付けるとすることがない。それでまた庭に出た。見えるのは頭上の岩と、生垣の先に広がる空だけである。ただ、前に近づくのは避けて、横の岩壁に行った。隅にユリの茎が数本伸びている。一つが蕾を開こうとしていたが、三十分経っても変わらない。さらに同じ時間が過ぎた時、人の気配を感じて振り返った。

「それはあと二十分掛かります。それよりいいニュースです」

明るく頷くのは二人である。温子が促して座卓に戻り、二対一に向き合って座った。

「山狩りの結果が出ました。朝の会合で、警備が報告したのです」

佳子が口を開き、温子が、総勢四十五名で二時間を費やした結果、若い男一人と、死亡した男一人を見つけたと言う。

「死亡した男?」

「マムシの谷の水辺に倒れていたそうです」

「じゃあ、警察に知らせたの?」

「お山はこちらの管轄なのですぐにはしません。それより一人捕まえたので特別警戒が解けました。でも、ここから動かないで下さい」

「ああ。その男はどんなの」

「スーツに革靴で、携帯電話を持っていました。大文字の焼き場で見つかり、靴跡も一致しました」

敬は同類の人間がいたのに驚いたが、苦笑して言った。

「そこへ追い詰められたんだな。しかし携帯はまずいな」

すると二人の瞳が光った。それは本部が取り上げたが、携帯のどこが悪いか聞くのである。

「ここには固定電話もないが、どうしてかな？」

「静かに休むためです。それに毎日頻繁に会うので、不便はないです。だから携帯を持っているのは責任者の数人です」

温子が答えて、何か閃いた表情をした。

「ああ、簡単に連絡できる。私は持たないので詳しくないが、いろんな機能があり、便利なのだ」

「では、やはりスパイですか」

「分からない。しかしそれならどうするの？」

「マムシの谷に入れられます。運がよければ助かりますが……」

佳子が頷き、真剣な目をした。

「それより私の話を聞いて下さい」

「あ、そうです！　では、コーヒーでも淹れましょう」

温子が頭を下げて、台所に消えると、佳子は言った。

「今日、義姉《あね》はとても元気で、優しくなりました。昨夜、どんな話をされたのですか」

「特には覚えてないが……」

「よく眠れたそうです。それに料理が楽しくなったそうです。それまで本を見て作っていたのですが」

「私もそう聞いていたので驚いた。それぞれ味がしっかりしていて美味しかった。あれはプロの腕だ。本当はあんな仕事をしていたんじゃないのかな」

「分かりません。でも、何か変わったのは確かです。実は昨夜、夢を見ました。数人でヨットに乗っていると、海が荒れだして皆操船に就きました。何度か波を乗り越えた時、急に波の間に入ったので、帆のロープを強く引いたのですが、何も見えなくなって、目が覚めたのです」

「君はヨットに乗ったことはあるの?」

「ありません。それで不思議なのです」

「佳子ちゃんも昔のことは覚えてないのです。でも、その夢には希望があります」

温子が現れて声を掛けた。コーヒーをのせた盆を両手に抱えている。そして二人の前にカップを置いて、首をすくめた。

「すみません。余計なことを言いました」

「いや、この仕事は大変なんだね。しかし私もその夢は前向きと思う。いま君は元気じゃない。

それが全ての答えだよ。だからヨットは立ち直って、嵐を抜けるよ」

「それは頑張れば、道は開けるという意味ですか」

佳子が顔を赤くすると、温子は大きく頷いた。

「だから辛抱しようと言ったのです」

「しかし最初に会った時、変なこと言ってたね。私と逃げたいとか」

敬が笑みを浮かべると、佳子は眉を寄せた。

「だって学ぶのは歴史で、それもアフリカから始めるのです。今は日本の古墳時代ですが」

「へえ、どんな内容なの?」

「最後は現在までだそうですが、人は何を食べて、どんな社会を作ったかが、中心のようです。それに災害や権力者の争いを加えて、理想の社会を考えさせるのです。でもそんな回りくどいことをしないで、理想の世界を示せばいいと思うのです」

「それでは進化が分からない」

「えっ……」

「人間も他の動物と同じように寿命がある。それで子供を作って代替わりをする。その時、親より進んだものが加わる。それはわずかだが、長い繰り返しがあると、違いが分かる。だから私たちはその連鎖の中で、より良いものに変わる。それが進化だ」

「でも、変わらないものがあります。男と女の関係で、女はいつも男に利用されます」

「確かにこれから学ぶ歴史はそれが多くなる。しかし自信を持って貰いたいのは、女がいないと子供は生まれない。つまり次の世代の基礎になる。だから逆に女が強くなることがある」

敬は声を強めて、はっとした。二人は祭神とその手助けである。過激な議論や理屈は控えるべきと考えたのだ。しかしすかさず佳子が言った。

「それはいつですか」

答えは決まっているが、改めて女の半生を思った。それは女が輝く時期と同列とすると、この世に生を受けた時、それに美しく成長する子供時代、さらに結婚適齢期、そして次の世代を生んだ時……。一瞬浮かんだが、本命は変わらない。

「それはいま、今です！」

自信を持って言うと、佳子は怪訝な表情をし、温子は大きく頷いた。

「だから昨日、外に出られたし、この人を中に入れられたのです」

佳子は顔を赤くし、敬は唇を引き締めた。やはり助けられたのは異常なことと気付いたのだ。

すると温子が慌てて頭を下げた。

「すみません。つい口が滑りました。あなたは誰にも気付かれていません。いえ、防御システムを信じているのです」

「そうです。それでもっと教えて下さい。進化とは人間の背が高くなったり、便利な道具を発明したとか、そういうことですか」

「それもあるが、心の変化の方が重要です。世界の重大事件の多くは、自然災害以外は、皆人間が起こしています」

敬は頷いた。

「それは大きな問題ですが、さっきの男女の格差もなくそうとする意識が広がり、実行するようになれば、進化です」

「では、王様と奴隷の関係もですか」

「過大な格差があると、それをなくする力がいつか働く。その例がこれから学ぶ歴史に多く出てきます」

「じゃあ、私たちは希望があるのですね」

佳子は瞳を輝かせ、敬は笑みを浮かべた。心苦しいところはあるが、無垢な二人にはそう思わせたいのである。

「分かりました。今まで歴史を嫌っていましたが、少し頑張ってみます」

「誰もが能力の範囲内でしか、物事は判断できない。だから勉強は大事なのです」

「そうです。歴史の後は、健康と薬の学習が二日あります。最後に当日の式の手順を覚えて貰いますが」

温子が頷くと、佳子は顔をしかめた。

「一か月でそんなに覚えられないわよ」

「大丈夫、潜在意識に残ればいいのです。でも、それが済むと強い自信になるそうです」

「では、式は盛り上がるでしょう。その後、皆はどうするのですか」

敬が目を向けると、温子は首を振った。

「秘密です。でも、少しお話ししますと、全員が次の組と交代して、ここを去ります」

「それは公にするのですか」

「いえ、各自がいなくなります。ただ、川の水門を替えるので、交代は分かります」

「いま水はこちら側を流れています。それは前任者がしたのですね」

「はい。でも、祭りの時はこちらが止まります」

「水は全ての清めですから。余計な物を流して、後をきれいにするのです」

佳子が口を開き、温子は深く頷く。二人の頬はやや上気し、瞳も美しく輝いている。敬は目を細めると、笑みを浮かべて頷いた。やはり二人は特別な存在と思ったのである。そして夜に見た二つの川と、上流の広い水面を思い出していると、温子が言った。

「すみません。午後の勉強が始まりますので、もう失礼します。それと夕食は冷蔵庫に用意しましたので、よろしくお願いします」

頷く間もなく、二人は頭を下げて、部屋を出ていった。

「電気も点けずにどうされたのですか」

濡れ縁に座り、星空を眺めていると、背後で温子が言った。

「することがないので星座を確認していたのです」

「申し訳ありません、少し遅くなりました。お食事は済まされたようですから、ジュースでもお持ちしましょうか」

振り返ると、温子は軽く頷き、台所に消えた。それでガラス戸を閉め、電気を点けると、明かりが眩しかった。

「今日はお世話になりました。佳子は祭神の自覚が生まれたようで、勉強に熱心になりました。もう心が動くことはありません」

「それなら私もお暇《いとま》しなければなりません。あなたも居候がいると落ち着かないでしょう」

「いえ、勉強になります。でも、ご都合がおありなのですか」

温子はジュースのグラスを置きながら、真剣な目をした。

「会社を長く休めないのです。それに近辺の名所等も見てみたいので……」

敬は食事を早く済ませて、縁側に座り、日が暮れる空から星が輝くまでを見ていたのだ。照明やテレビを点けないためだが、それは隠して軽く見返した。

「分かりました。では、明日の夜、佳子とお送りします。それには準備が必要なのです」

「ご迷惑をおかけしますが、よろしくお願いします」

敬が表情を引き締めて頭を下げると、温子は頷いた。

「佳子のためはお祭りのためです。そのお力をいただいたので、大丈夫です。それよりご覧になりたい名所はどこですか」

「お城とお寺と公園ですが、時間もないので、一つでもと思っています」

それから雑談になったが、温子はこの辺りのことを知らないし、過去も思い出せない。それでガラス戸を開けて星座を教えた。

そしてまた同じ布団に入った。温子は昨日よりやや肩を寄せている。しかし緊張はなく呼吸も自然である。敬は少しして言った。

「君は寝つきがよかったね。私にかまわず眠っていいよ」

「おもてなしですから、眠られた後にします」

その声は涼やかで少しの乱れもない。敬は彼女を愛おしいと思ったが、体を動かす気にならなかった。それに場所が場所である。何が起きるか分からない恐怖があるのだ。しかしそれでは共に眠れない。それで優しく言った。

「ありがとう、もう眠くなった。今夜は君の夢を見るかもしれないな」

温子は恐縮したように、やや体を引いた。そして静かな呼吸になったので、敬も眠りに落ちた。

「もうお立ちになるとは思いませんでした。知りたいことが、たくさんあるのです」

一日振りに会った佳子が真剣に言った。時刻は午後九時で、二十分後に出発するのである。

「それはテレビで分かるでしょう」

「でも、ニュースは訳が分かりません。いえ、動きは分かりますが、その背景がダメなのです。それで一昨日のように解説して下さい」

「人間は千差万別です。それでよくないことをする者がいる。その多くは本能が原因です。しかし道を外す者は少ない。だからその特殊に目を奪われるより、本質を考えればいい。つまり誰もが友人や、健康で平穏な生活を望んでいる。だからその可能性に懸ければいい。それはお義姉さんやここの全員が願っているはずです」

「分かります。でも、その特殊が気になるのです」

「それは過剰な本能なので、次代の進化を待つしかないです」

「………」

「また難しい話をしているのですね」

温子がジュースのグラスを三つ運んできて言った。

「だから今は我慢するときです」

敬は口元を緩めて、付け加えた。

「問題は生活水準です。余裕がなくなれば悪いことばかり考えます。それも原因なのです」

「でも、正しい結婚をすれば大丈夫です。祭りはそのためにあるのです」

温子が笑みを浮かべると、敬は頭を下げて言った。

「そんなときに匿《かくま》っていただき、とても助かりました。これは気持ちです」

頷いて竹炭のブローチを渡すと、二人は喜んだ。しかし時間が無くなり、ジュースで乾杯して部屋を出た。

再びお山の稜線に出ると、下方に街の明かりが大きく見える。すると温子が言った。

「このまま東へ進んで下さい。小さな谷を二つ過ぎた先に大きな谷間があり、そこから街の端に出られます。でも、谷ではマムシに注意して下さい。それとこの法被は私たちのものだから、警備に出会っても黙って通り過ぎればいいです。そして山の麓にある祠《ほこら》に入れて下されば大丈夫です」

差し出された法被を着て向き合うと、二人は顔をやや歪《ゆが》めた。

「大変お世話になりました。祭り、頑張って下さい」

敬は明るく頷き、背を向ける。しかし少し行って振り向くと、二つの白い影が片手を高く上げた。それで両腕を振り、体を戻した。そして最初の緩いカーブを曲がると、足を止めて周囲に耳を澄ませた。

今日一日は、緊張の連続だった。温子が三食の弁当と、今日は午後九時まで帰れないが、二十分には出発できると記したメモを残して、いなくなっていたからである。午前中はそうでもないが、午後からは何か不都合が出来たのではないかと不安が募った。もちろんテレビは点けず、部屋に一人いるのである。聞こえるのは定期の見回りの靴音だけで、全く静かなのだ。それで昼間は空の雲を眺め、夜は星の動きを追った。やはり人の気配を消したかったのだ。ただ、弁当は三度平らげた。何事も体力が必要と考えたからである。そして九時に二人を見た時は、ほっとした。そして雑談に、やや気が楽になった。ブローチを渡したのは賭けである。そして二人を信じる気になったのは、誰もいない稜線に出た時で、心中《しんちゅう》で二人に謝った。ただ、まだ山の頂上である。それで目を凝らして木立の中を進んだ。しかし幹や茂みの濃い影に何度かドキリとする。それに自身の足音も気になるのだ。そして何とか小さな谷間に着いた。ただ、下方に明かりが見えない。しばらく考えて、小さい谷は松の木の間隔が開いたところと気付いた。それなら確かに二つあった。そして足を下方に進めた。

そこは空が開けているので月の光が差し込んでいる。側の茂みにあった竹の棒を手に、岩の足場を五、六段下りると、急斜面になった。横の溝に水の気配がある。それが強くなり、反対側の斜面に上った。マムシ対策である。しかし木の根や岩の障害物がある。そこはしゃがんで下りたが、やがて傾斜が緩くなり顔を上げると、先に草地が広がっていた。

前方の四角い影が祠である。近づくと、下方を向いた前面に、山裾を巡る細い道があった。そこも人影はなく、五、六メートル先に谷間の暗闇がある。そして下方に続く樹木の梢越しに、街の明かりが見えた。

敬は法被を脱いで、祠に収めた。すると急に不安になり、下方へ急いだ。樹木の下は水路で、向こう側の擁壁上に、間隔を空けた街路灯が明るく光っている。しかし背後に不穏な気配がある。それで岸辺に立って、目を凝らした。水路は二メートルくらいの幅で、橋はない。すぐに靴を脱ぎ、対岸に投げた。水路を飛び越えると、左足に何か触れたが、素早く靴をはき正面の石段を上る。道路に出ると、不穏な気配は消えた。

しかし道の反対側を、街の方に歩くと踵《かかと》が痛んだ。それに靴下が湿っぽい。一台の車がすれ違った時は、立ち止まり横を向いたが、歩くと痛みが増した。しかし後方にヘッドライトが見えたので前に進んだ。ただ、後ろに迫ると、急にこちらを向きエンジンの音が大きくなった。

次の瞬間、敬は水田に飛んだ。いや、同時に左へ体を浮かせたのだ。それで衝撃はかなり減った。それに一メートル下とはいえ、稲穂がクッションになった。ただ、全く動けない。すぐにぶつけた車が急停車し、足音が二つ聞こえた。すると近くにやはり車が急停車し、

「こら、何をした！」

鋭い声がして、複数のドアが開いて閉じる音がした。

「あっ、逃げるか」

「放っとけ。ナンバーを覚えたから」

「さっきからおかしいと思った」

「それより落ちた人を助けろ」

土手を滑り降りる音を聞いた時、敬は腰と肩に強い痛みを感じた。ただ、手足は動くし、頭

も痛くない。だから頭上の三人に顔を上げると、大いに驚かれた。しかし病院を勧められた。そこは人目につくし再び命を狙われる恐れがある。それで無理に立ち上がって言った。

「骨は折れてないし、どこかで休ませて貰えればいいのですが」

三人は顔を見合わせたが、年長の男性が声を上げた。

「じゃあ、会社に行くか。そこで様子を見てもいい」

すぐに若い二人が両肩を支えて水田を移動し、道路に上がった。そして最も若い男と後部座席に座ると、急に眠気が襲ってきた。

「ところで、名前は？」

それは答えたが、次のどこから来たかと聞かれても、頭を垂れて目を閉じていた。もう全てが億劫なのだ。すると前の席から声がした。

「六、七メートル飛ばされたのだ。そっとしておけ。それに事情はほぼ分かる」

「例の交通事故ですね。撥《は》ねられて死んだ男の素性は分からないし、車も捕まらない。四年前に私が入社した年なのでよく覚えてます」

隣の若者が言った。

「同様の事故が十年前にあったし、もっと昔もあった。しかしみな迷宮入りです。その手掛かりになるのですね」

「ナンバーが偽装でなければね」

「無理だろうが問い合わせるよ。それより次の仕事だ」

会話は前の二人である。

「それで彼は寮に預ける。こちらは少し休んで出発だ。ところでどんな状態だ?」

「目を閉じて動きません。右が痛いのでしょう。ドアに左側を押し付けて座ってます」

「後ろから撥ねられたからだ。さっき左足を引きずっていたが、車まで歩いたから大丈夫だろう。後は元看護師に任せよう」

「はい、専務さんなら……」

そこで意識が薄れた。いや、悪い人たちではないと感じて安心したのである。

三、第2の鍵

私は小石の川原に仰むけに横たわっている。なぜか体が重く、少し寒いのだ。どうやら水の近くらしく湿った匂いとささやくような音がする。しかし小石を鳴らす音が、さらに増えた。それは山の方向で、全体が次第に近づいて来る。必死に体を捻ると首が動いた。すると横一列に並ぶ三角形の頭が見えた。一部は背後に細い胴体をくねらせている。慌てて顔を上げると、多くが胴体をくねらせ、頭を高く上げた。マムシである。これはまずいと思ったとき、左の踵に痛みが走った。無理に体を反転さすと、右の肩と腰が強く痛んだ。

「あっ、気が付いた」

明るい声に続き、大きな声が響いた。

「専務さーん、お願いします！」

敬は目を大きく見開いた。眩しい照明の中に、若い女性の顔が広がった。瞳が優しく頷いている。目をしばたたくと、足音がして、中年の女性に変わった。

「話はできますか」

笑顔を寄せられ、小さく頷く。すると頭は打っていないかと聞かれた。

「稲の上に落ちたし、受け身を取ったので大丈夫です。ただ、右の肩と腰が痛みます。それと左の踵も」

「では、調べてみましょう」

布団をめくられ、上着とネクタイがないのに気付いた。下もズボンが脱がされている。

「後で浴衣をお持ちしますが、取り敢えず、楽なようにと思いまして」

彼女は体に触れて痛みの個所を確認すると、腕と脚を動かした。動作はスムーズで、負傷の程度を理解したようである。敬も痛みの強弱を正確に判断した。

「それと左の踵ですね」

血が固まり、靴下は簡単に取れない。それも痛くない程度に外して、声を高めた。

「これはマムシですね。噛まれた覚えはありませんか」

「いえ、尖った石を踏んだと思ったのですが」

「それで軽いのかもしれませんが、ちょっとすみません」

彼女は左足の付け根を指で押して、軽く言った。

「ここは腫れてないです。でも、念のため薬を飲みましょう。自家製ですがよく効きます」

そして若い女性に指示すると、赤い液体が入ったグラスが運ばれ、無理に体を起こした。

「ブラックベリーのジュースに、ある薬草を混ぜたものです」

それは甘い酸味と軽い苦みがある。一気に飲み干すと、彼女は笑みを浮かべた。

「傷に軟膏を塗ります。これも自家製で、こんな傷の特効薬です」

初めに消毒の痛みがあったが、冷たい軟膏に触れると心地よくなった。

「これで経過を見てみましょう」

彼女はガーゼを絆創膏で留めて言った。

「もし、病院を望まれれば言って下さい。どこもまだ開いていませんが」

「いえ、ありがとうございました」

敬は深く頷いた。これで十分と思ったのだ。そして二人が去った後、今日の日を考えた。記憶では月曜日の早朝である。しかし山を下りた時から体の感覚と意識があいまいになったのだ。それで昨夜からのことを考えていると、また眠気が強まった。


「あそこは丁度稲刈りの日で、農家は我慢して仕事を終えたそうです。だから証拠になるものは何もありません」

「車のナンバーも偽装だった。やはり相手は手強いから用心しよう。ところで彼の様子はどうか」

「まだ眠ってます。あれから一日と五時間になりますが」

「寝言か何か言わなかったか」

「洋子《ようこ》さんが世話をしているので聞いてみます」

「それなら私が聞こう。それと今日は休みにするから自由にしてくれ。しかし彼のことは口外しないように。本人の安全と、こちらも行動し易いから」

椅子を立つ複数の音がして、一つの足音が近づいた。ドアを開けたのはあの若い男で、二、三歩進んで目を見開いた。薄目を開けた敬に気付いたのである。

「あっ、大丈夫ですか！」

頷いて起き上がろうとすると、肩と腰が痛んだ。しかし左肘を支点にして少し動くと、後ろから背中を押してくれた。

「すみません、トイレはどこですか」

「こちらです」

部屋は六畳で半畳の板の間がある。廊下に出ると、同じ部屋が左右に三つ並んでいた。トイレは奥の右側で、左に共用の下駄箱を備えた玄関がある。

「喉が渇《かわ》いたので、水をお願いできますか」

先にトイレに入り、廊下を戻ると、正面のホールに数人の人影が現れた。中の若い女性が水のグラスと何かをのせた盆を、両手に抱えている。隣の五十前後の男性が口を開いた。

「どうも、具合はどんなですか」

笑みを浮かべた顔に見覚えがある。敬は水田で助けられたお礼を述べて、頭を下げた。

「おかげで何とか歩けます。それでもう少しお世話になりたいのですが」

「構いません。これも何かの縁ですから。ゆっくり養生して下さい」

それは社長さんで、横の二人に頷くと、専務さんが右手を部屋に向けた。

「そうですよ。さあ、どうぞ」

一歩踏み出すと、左の踵が傷んだ。しかし無理に歩き、布団に横になると、冷や汗が出た。

「まだ三、四日かかりますね。それでこの洋子さんがお世話をします」

専務さんが体を引くと、若い女性が笑みを浮かべて水のグラスを差し出した。敬は左肘で上体を支えて受け取り、二口で飲み干すと、腹が鳴った。

「あ、お食事もお持ちします。それまでこれでも口にしておいて下さい」

枕元に置かれたのは、小皿に盛られた一口サイズのチョコレートである。そしてドアが閉まり、ホールに足音が去った。

――一日以上眠っていたのか……。

敬はチョコレートを味わいながら眉を寄せた。男たちの声が一部聞こえたのだ。しかし皆はまだ諦めていない。それは有難いが、あまり熱心になられると困るのだ。いや、自身は既に見当をつけている。それはお山の関係者で、何か特別な訳があるのだろう。そしてその意志は変わらないと思うのだ。それなら見た事は誰にも話さず、時間切れを狙えばいい。それも彼らが交代する一か月の辛抱である。

敬は唇を引き締めた。そしてお山と神社の関係を考えた。一番の御利益は縁結びで、左右の神社が一か月毎に祭りを開くのである。その歴史は古く、今後も続くと思ったとき、急に背中が強張った。それなら末端に多少の混乱があっても、本体は揺るがない。つまり社会の基礎として永遠に存在するだろう。それなら下手な抵抗は失敗する。これは危ないと顔をしかめた時、部屋のドアが叩かれた。

「寮の朝食ですが、ご飯をお粥《かゆ》にしました」

洋子さんが脚付きのお膳を抱え、専務さんと共に布団に近づいた。

「あ、起きられますか」

「でも手伝って貰えますか。片手が使えないので」

敬は左腕で上半身を支え、右腕を振った。

おかずは鯵の干物に厚焼き卵と梅干。そして豆腐とネギの味噌汁である。まず硬めのお粥が口に入り、頬を緩めた。それは数回噛むと喉に消え、同じ量が口に入った。それからおかずを挟み、味噌汁で口を休ませると、専務さんが言った。

「内臓はよさそうなので昼から御飯にします。私は失礼しますが、ゆっくりお続け下さい」

明るく頷いて立ち去ると、洋子さんがスプーンを差し出した。

やがてお茶にしたとき、彼女は言った。

「私はホールの側の部屋にいます。皆の食事係で、時に専務さんの御用もします」

敬は何の会社か聞いた。

「メインは画商です。最近資産家が相次いで亡くなられたので、いま忙しいのです。どちらも収蔵品が多く、その整理と処分に関わっているからです」

敬は会社の職種は意外だったが、絵は関心があり、創作もするのかと聞いた。

「専務さんはされますが、社員はしません。でも、観る目はあります」

「何人いるのですか」

「私と倉庫の今井さんを入れて六名です。その人は社長さんの親類ですが、食事も倉庫でするくらい研究熱心で、いろんなことをよく知っています」

「面白そうな会社ですね」

「私も毎日が楽しくなりました。それまで何も出来ませんでしたので」

洋子さんは明るく言った。

「会社の決まりはあります。でも、女性や年齢の差別はありません」

「前は何をされていたのですか」

「それはよく分からないのです」

彼女は表情を曇らせた。

「専務さんのお話では、一年前の早朝、会社の前に倒れていたそうです。それに体のあちこちに打ち身と擦り傷があったのです。もちろん服は汚れ、打ち身や傷に古いものがありました」

「もしや監禁されていたとか？」

「専務さんにも言われましたが、よく分かりません。でも、一か月部屋から出られませんでした。今も人に会うのが怖く、外に出るのはスーパーの買い物だけです」

敬は色白の美しい顔を改めて見た。どこか暗い影があるのを感じていたのだ。しかし今までの礼を述べると、彼女は他人事ではなかったと小さく笑った。

「今もそうですが、名前以外何も分からないのです」

敬は軽く頷いて、はっとした。自身もそれに近いのだ。そして運転免許証が気になったが、部屋を見回しても、スーツの上下が見当たらない。身元はもう知られたと思ったとき、彼女が言った。

「それで聞くのですが、あなたは財布がなかったそうですが、本当ですか」

「かさばるからだ。しかしお金はポケットに入れていた。それがないと困るからね」

「でも、何もなかったそうです。私もですが」

洋子さんはそれでも受け入れた会社の包容力を伝え、何も心配しないでいいと言う。

「それはありがたいですが……」

眉を寄せると、彼女は目を伏せ、ぽつりと言った。

「あなたは祭りを見に来たと思われています。それも遠くから」

「へえ、どれくらい？」

敬は目を見張った。自身もそれを知りたいのである。いや、山上で過ごしたのは覚えている。しかしその内容やそれ以前が曖昧なのだ。

「社長さんは新幹線で四、五時間とみています」

敬は首を振った。在来線で、もっと短かった気がするのである。

「関西の訛《なま》りがあるからだそうです。私には分かりませんが」

その地域の地図は浮かぶが、県が分からない。いや、数か所ある大きな都市も名前が出ないのだ。しかしふと閃いた地名を告げると、洋子さんは声を上げた。

「それなら電車で約三時間です！」

「えっ、知ってるの？」

目を見返すと、過去を思い出すためにとっている旅行雑誌の今月号に、特集があると言う。

そして大きな岩が聳える切通の道が気になると顔をしかめた。

それも風景が浮かばない。しかし脈があると思ったのか、また声がした。

「高校生の時、怖かった気がするのです。いま近所はどうなってるか、教えて下さい」

「そこはよく知らないんだ。確認するから、雑誌を見せてよ」

自身のために言うと、洋子さんは瞳を輝かせた。しかし腕が疲れたので、布団に横になった。

すると表に車が止まり、男たちの声がした。

「三郎さんと憲二さんで、ＤＶＤを借りてきたのです。それを観るのが趣味だから」

洋子さんは、三郎さんは隣で、憲二さんがその奥と教えると、食膳を持って立ち上がった。

そして廊下で、明るい声がした。

「彼は元気になったの！」

「いま食事を終えて、眠るようです」

「何か分かったのか」

「住所で、意外に近いです」

先程の地名を伝えて、詳しくは後で聞くと言うと、別の声がした。

「やはりそうか。今井さんがさっき言ってたが……」

三郎さんのようである。それで洋子さんが聞くと、封筒に入っていたので開けなかったが、敬がはっきりしないので調べたら、運転免許証があったと言う。それで敬も安心したが、それでも昔の住所が明確に浮かばないのは不安だった。憲二さんも初耳だったようだが、話題はＤＶＤに移り、借りた種類や枚数を言い合ったりして、二人はそれぞれの部屋に入り、洋子さんは笑ってホールに去った。

敬は顔をしかめた。頭がすっきりしないのだ。いや、何か思い出そうとしても、言葉が浮かばない。それも自身の過去のことである。ただ、花婿レースの途中に山で過ごし、下りて交通事故に遭ったのは覚えている。そして命の危険を感じたので、原因はうすうす分かる。つまり何かいけないものを見たのだろう。それなら何も思い出さない方がいい。いや、その方法として記憶喪失はあるのか……。敬は山上の食事を疑ったが、やはり何も分からない。ただ、いまは安全である。このまま様子を見るしかないと思うと、瞼が重くなった。

それからどれだけ時間が経ったのか、ドアをノックする音に目が覚めた。

「お昼のお食事をお持ちしました」

洋子さんが部屋に入り、食膳を前に置いて言った。

「メインは豚肉の生姜焼きです。よかったらお手伝いしますが」

敬は半身を起こして、左腕で支えた。しかし体が少し軽くなっている。食欲も旺盛で、差し出されるものを次々に平らげて、洋子さんを喜ばせた。そして食事が終わると、軽く言った。

「三郎さんと憲二さんがお聞きしたいことがあるそうです。この後よろしいでしょうか。お疲れなら横になっていればいいと思います」

「お礼を言いたいので、大丈夫です」

十分後、ドアが叩かれ、緊張した表情の二人が入ってきた。

敬が上半身を起こして、先日の礼を述べると、二人は首を振り、横になるよう勧めた。しかしそのまま話を聞いた。要旨は先日の事故で、内容は先に耳にした通りである。二人はまだ何の進展もないと首を振り、三郎さんが表情を改めて言った。

「あなたが街に来られたのはいつですか」

「先週の金曜日です」

「そして月曜日に撥ねられた。これは相手を知るために伺うのですが、その間どうしていたのですか」

「金曜日の夜は、レストランで知り合った老夫婦の家に泊まり、翌日その街を見物して夜はオールナイトの映画館で過ごしました。日曜日に戻り、上流の登山口から東の山に上りました。夜景を見たかったのですが道に迷い、街に下りたとき事故に遭ったのです」

「山中で誰かに会いませんでしたか」

「何かの気配を感じたことはありますが、何も起きませんでした」

「全体のコースは分かりますか」

続いて憲二さんが言った。

「入口は川の上流にある橋の側の道で、下りたところは事故の場所から五十メートルくらい東側です。道路の下に水路があり、山を少し上った所に小さな祠がありました」

「後で行ってみます。それとこの街でトラブルはありませんでしたか」

敬が首を振ると、二人は長居を詫びて、部屋を出ていった。

敬は布団に横たわり、軽い吐息をついた。命の恩人を騙《だま》す心苦しさがある。しかし事故をうやむやにすれば、誰も傷つかないのである。ただ、経緯の説明に無理があるのは否めない。しかし何とかなると考えて右半身を動かした。肩と腰がなお痛むのだ。

回復は早くてあと一週間とみたが、祭りが終わるまで、まだ一か月近くある。それまでどうするか眉を寄せた時、洋子さんが週刊誌大の冊子を手に現れた。

「これです。切通は最後の方にあるのですが」

目次の次は爽やかな朝の海岸を背景に、『秋を堪能するお二人様コース』の文字が躍《おど》り、下方に美術館、文学館、大型のショッピングセンター、有名な神社仏閣、海岸と山上の公園、各種の料理とスイーツの店名が、横長の枠の中に縦に並び、それぞれ番号が付いている。

次の見開きは海岸と山を入れた街の全図で、各所に前ページの番号が、三つのコースに色分けして記してある。一は欲張りコース、二は逆で、三はさらにゆったりに分けてある。もちろん三者は重なる場所があるし、コース上の個所を飛ばして進んでもよい……。

敬は一見してあいまいな記憶が戻った。そしてまた失った原因を考えたが、まずは洋子さんの件である。それで次のコース毎のページにある商店街の入口の写真と切通の海側にあるレストランを見せて覚えがあるか聞くと、暫く考えて首を傾げた。

「じゃあ、これは?」

切通の内側の果樹園と、前の道を街中に進んだところにある、大きなお寺の山門である。

それも顔を曇らすので、質問を変えた。

「それならトンネルや石段はどう?」

「石段は見たかもしれません。でも、遠くからで、側に行ったことはないと思います」

「それはどこにあったの」

「何となくそう思ったのでよく分かりません。でも、手掛かりになるのですか?」

「いや、切通と石が二つ繋がっただけです。しかしこの街にも石段はたくさんあるので、希望が無くなったわけではありません。今日は結論を出さずに、もう少し様子を見てみましょう」

敬は彼女と街の縁は少ないと思ったが、含みを持たせて言った。いや、過去が詳しく分からない方がいいと判断したのだ。それで小さく笑う顔に急用を思い出したと告げて、会社に公衆電話はあるか聞いた。

「ないので会社の電話を使って下さい。それで構わなければ、ご案内します」

洋子さんは敬の体を考えて頷き、それに応じて言った。

「実は私の会社にするのです。今日で二日休んだし、まだ休まなければいけないので」

「では、行きますが、足は大丈夫ですか？」

頷いて立ち上がり、軽く足踏みをすると、踵が痛んだ。しかし明るく笑って踏み出し、洋子さんが先に立った。

事務所は食堂を兼ねたホールの外側で、引き戸の窓からパソコンに向かう専務さんが見えた。

「会社に連絡したいそうですが」

戸を開けた洋子さんの横で頭を下げると、専務さんは明るく頷き、入口に近い机に腕を振った。重ねた書類の手前に、固定電話がある。

「市外なので、料金を払いたいのですが」

「それは気にしないで下さい」

敬は礼を言って、受話器を手にした。するとやや雑音があるが、職場の市村に繋がった。それで月曜日の早朝、交通事故に遭って記憶を失い、いま戻ったと詫びを入れた。彼女は声を呑み、室内の話し声や物音が聞こえた。いや、なお雑音がする……。課長の所在を聞くと、不在と言う。それで肩と腰を痛めたので、一か月休むと告げた。しかし聞き取れなかったのか聞き返してくる。それを繰り返すと、病院を聞かれた。

「そのとき助けられた会社の世話になっている。医療の心得のある人がいるから大丈夫だ」

それなら会社名と電話番号を教えてと言われた時、雑音が増えた。急いで側の封筒を見て会社名と番号を知った。両者を伝えて、また聞き返されたが、それも済ますと、彼女を呼ぶ声がした。別の電話が待っているというのだ。それで後はよろしくと言って電話を切った。

「すみません。ここの名前と電話を教えました」

「いいです。でも、一か月とは長く見積もりましたね」

「代役を立てて貰うためです。そうしないと同僚が困るのです」

敬は二日休むと書類がおよそ倍溜まる職場を説明して頷いた。すると専務さんは眉を寄せた。

「それではあなたの居場所がなくなるのではないかしら」

「あっ、そうですね」

敬はわざと頭に手を当てた。確かにマイナスであるが、それを良とする心がある。いや、偶然とはいえ、これで会社を辞め易くなると考えたのだ。それで会社から問い合わせがあったら、少し重く言って下さいと頼むと、専務さんは複雑な目をした。

「せっかくですから見ていかれますか」

ホールに出ると、洋子さんが間仕切りの中の台所に顎を振った。

流しとコンロが勝手口の側にあり、横に大型の冷蔵庫と台の上の電子レンジが見える。その手前に可動式の配膳台と、周囲に椅子を配した大きなテーブルがあった。

「ここで会議もしますが、食事は一時間くらいで済むので、献立を考えるのに苦労するだけです」

「毎日三度は大変でしょう」

「社長さんと若い二人はお昼に殆どいません。休日は木曜日ですが、その日は社長さんと専務さんの食事は作りません。ご自宅におられるからです」

「それはどこですか」

「ここの二階です。玄関は勝手口の横の外階段を上った所にあります」

洋子さんは横に顎を振ると、ホールの中央に進みながら言った。

「社長さんは顔が広く、休日もよく外出されます」

「専務さんは？」

「絵を描いておられます。……それとそこが洗面所と風呂場です」

彼女は個室が見える廊下の位置に立つと、正面のガラス戸が開いた部屋に腕を振った。

中に二つ並んだ洗面台が見える。近寄ると、横に乾燥機付きの洗濯機があり、反対側にカーテンで仕切れる脱衣所があった。

「シャワーはいつでも使えますが、風呂は一日置きで、寮の四人で使っています。湯を溜めたり、全体の掃除は私の担当です」

「それできれいなのですね」

敬は清潔な風呂場をのぞいて、ホールに出た。そして廊下の前で、洋子さんが左側の端の部屋を自室と教えた。それは敬の向かい側である。

「私の時はどちらも空いてましたが、この部屋から二つ並ぶ山が見えるので決めました。何となく懐かしい感じがしたのです」

「何か分かりましたか」

「いえ、さっきの切通と同じです」

「しかしまた岩が増えた。君はやはり私の街に関係あるかもしれないな」

敬が笑って頷くと、彼女は瞳を輝かせた。それから自室に入り、布団に横になると、喉の渇きを覚えた。それに肩と腰もだが、踵が特に痛むのだ。顔をしかめて汗を拭くと、

「あっ、少し待って下さい」

洋子さんは急いで部屋を出た。そして水のグラスと大きな紙袋を持って現れた。

「山本さん、着替えをしましょう。これを飲まれた後でいいです」

紙袋の中身は新しい下着と浴衣である。喉を潤す間に畳に出され、上半身を替えた。それか

ら浴衣を羽織り、下半身を替えると、彼女は膨らんだ紙袋を軽く叩いた。

「これは洗濯します。明日の午前中にはできますから」

敬がさっぱりした顔で礼を言うと、彼女は頭を下げて、ドアの外に消えた。

——岩の三つ目があの山なら引っ掛かるが、余計なことは言わない方がいい……。

それは自身も同じで、今はまだ何も明らかにできない。しかし踵の痛みを感じながら目を閉じると、業者の川口を思い出した。金曜日に電話したままである。ただ、会社の電話はもう借りれないし、トラブルに巻き込むこともしたくない。いや、交代を知れば、会社に事情を聞くだろう。だから後で謝ることにして、いつか眠ったようである。ドアをノックする音に慌てて声を上げると、三郎さんと憲二さんの顔が見えた。

「確かに用水の上の道に、小さな祠がありました」

二人は横になるよう勧めて側に座ると、憲二さんが言った。

「あれは女の神様といい、縦に割れ目がある岩が裏にありました。女性の病に効き目があるらしく、五十前後の小母さんがいました」

「岩は気付きませんでした」

「私も彼女に言われて見たのですが、かなりリアルです」

「私もまだだが、それは置いといて他はどうだった？」

隣の三郎さんが言った。

「狭い谷間が横にあり、橋もありましたが、周囲を見ただけで戻り、山に上りました。しかし先は樹木が密集し道も細く険しいので引き返しました。彼女に話が聞けたのでいいと思ったのです」

「下手に動いて気付かれたらまずい。私も離れた場所から見ていたから、小母さんは携帯のメールで知った。彼女は道端に停めた自転車に乗り、街へ向かった。他には誰も入らないし出ても来なかった。しかしあそこが分かって良かった」

三郎さんは、犯人は山の関係者と考えているようである。何がヒントになるか分からないので、敬は聞き役に徹した。すると憲二さんが顔を向けて言った。

「あそこにマムシ警告の看板がありますが、月曜日、頭を砕かれて一匹死んでいたそうです」

「じゃあ、専務さんと山本さんの話に合うね」

「しかし知らぬ振りをして聞くと、マムシ酒にすると、初老の男性が持ち帰ったそうです」

憲二さんは苦笑して言った。

「あの小母さん、彼女はいるかと聞くので一応頷くと、結婚が早まるから連れて来いと強く勧めるのです。それと住所を聞くので、二つ離れた町の名前を言っておきました」

「それでいい……」

「そして職業を聞いたので、逆に祠の管理は誰がするのかと聞くと地域の皆と答えて、ルールを教えてくれました。お参りは日の出から日の入りまでで、用水の板橋は使った者が帰りに手前に引いておく。猪等の害獣に渡らせないためだそうです」

「あの小母さん、怪しいな」

三郎さんが瞳を光らせた。

「月曜日の朝が引っ掛かる。山本さんが事故に遭った日で、今日もタイミングがいい。いや、ずっと待っていたのかもしれない。憲二君は彼女が帰るのを見て周囲を調べたのだろうが、メールの連絡から十二分後に出て来た。私は車で追ったが、狭い路地に曲がられた。気付かれてはいないと思うが」

「私もあっさり帰ったので、気にはなったのですが」

憲二さんは顔を赤くすると、三郎さんに拾われたのは隣町の方向に二百メートル歩いた地点と告げて、敬に言った。

「それも韜晦《とうかい》戦術です。しかしまた行ってみましょうか。もっと分かるかもしれません」

「もう近寄らない方がいい。その集団なら別に調べられる。ただ、向こうも対応するだろう。私たちは小母さんを追うが、山本さんも何か思い出したら、教えて下さい」

三郎さんに頷いた時、ホールで洋子さんの声がした。夕食の支度が出来たのである。

「もう、こんな時間か」

二人は長居を詫びると、早期回復の期待を言って、姿を消した。

敬は軽い吐息をついた。マムシの話で、症状の軽いのに合点がいったのである。ただ、車と同じ仲間と考えると、背中が強張った。しかし空腹を覚えて耳を澄ました。聞こえるのはテレビの音で、時に食器にスプーンが触れる音がする。そして洋子さんの甲高い声がした。

「ちょっと行ってきますので、後はお願いします」

やがて食膳を持った姿が現れると、薄暗くなった部屋の明かりを点けて言った。

「今夜はカレーとポテトサラダです」

それは大皿に形よく盛りつけてあり、側に牛乳のグラスがあった。

「味は中辛で、食材はこの地域のものです」

洋子さんは近くにスーパーがあると教えて、カレーを盛ったスプーンを差し出した。それは艶のある米粒に絡み、豊潤な味を口中に広げた。口元を緩めると、軟らかく煮込んだ牛肉が運ばれる。それに人参とジャガイモもいい味である。もちろん玉子やハムの入ったポテトサラダも口に合う。さらに濃い目の牛乳が全ての味を引き立てた。

「とてもいい。どこで料理を覚えたのですか」

「専務さんです。ほぼ一年、教わりました」

そして今は新しいメニューや手早くできる調理法を研究していると聞き、敬も元気になったら教わる約束をした。そして運転免許証の所在が分かったので、その経緯を聞いた。

「スーツは右のポケットが破れていたので倉庫の今井さんに預けました。昔、洗濯屋をしていたから修理出来るのです。その時何か入った封筒を見つけたけど、そのままにしていたそうです。でも、あなたが眠って起きないので調べたら、健康保険証と一緒に入っていたそうです。中に名刺とキャッシュカードもあったので、会社と住所が分かったのです」

「そうですか。部屋にないので、気になっていたのです……」

「修理はすぐに出来ますが、山本さんの怪我の具合に合わしているそうです」

洋子さんは軽く頷き、優しい目をした。

「テレビは見ますか。小型でよければ私のをお貸ししますが」

理由を聞くと、食堂にあるし、夜は会社の用がなければ九時過ぎに寝ると言う。それで甘えることにしたが、続いて洗濯の礼を述べた。

「体を動かすのは好きだから大丈夫です。早く寝るのは朝が早いからです。あ、その前に顔を出しますが、用事があればいつでも呼んで下さい。耳はいいから小さい声で分かります」

洋子さんは笑みを浮かべると、食膳を抱えて、部屋を出ていった。

敬は唇を引き締めた。世話になり過ぎるのは良くないし、自身も問題を抱えている。それで首を振り、目を閉じた。しかし天井の明かりが眩しく、右腕を額にのせて影を作った。

目の前を人影が二つ通り過ぎた。若い女性である。互いに向き合う横顔は、佳子と温子である。思わず声を掛けようとすると、温子の声が聞こえた。

「法被は祠に返っていたし、先で捕物もなかったので、もう家に帰ったのよ」

「それならいいけど、川の水が流れているでしょう。それに呑み込まれないかと思って……」

「山本さんは大丈夫よ。それより明日こちらの水門を閉じるから、もうここへは来れないの。それに警備が厳しくなるそうよ」

「私も歴史は日本中心になり、医療と料理の分野が増えた。共に女のたしなみだそうです」

「料理は家庭を持つと必要だし、医療は子供ができると役に立つの」

「そんなたくさん覚えられないわ」

「それでいいの。基本は私たちの血や脳に伝わってるから。あの進化の継続よ。だからその時うまく対応すればいいの」

「では、気楽にしていていいのね」

「あなたは皆の希望なの。だからいつも陽気でにこにこしていればいいのよ」

「それならバカに見えないかしら」

「瞳に力があるから大丈夫。皆それで元気になるはずよ」

するとまた佳子が別のことをしたいと言い出し、温子は言った。

「それはこの役を済ましてからよ。山本さんから聞いたと思うけど、何事も経験が大事なの。だからこのまま頑張るのよ」

「まあ、仕方ないか……」

「あ、下の道に警備の係が現れた。何か言われる前に、部屋に戻りましょう」

二人は急に表情を引き締めた。そして背中を見せると、姿が消えた。慌てて目を凝らすがぼやけた光が見えるだけである。すると感覚が戻り、肩と腰に痛みを感じた。いや、掛け布団を押しのけた自身に気付いたのである。

あれは夢だったか。しかしその後が少し分かった。敬は布団の中で反芻《はんすう》した。もちろん不確かではあるが、二人は罰せられずに役目を果たしているようだし、警備が厳重になるのも確信した。だから秘密は守るし、元気になっても外出は控えると決心した。期間は一か月で、会社の休みと一致する。問題はその間どう過ごすかだが、ここで世話になるしかない。いや、なるようになると考えて頷いた。そして再び額に片手をのせて、目に影を作った。眠りを待っているると、表にかすかな音がしてドアを開く気配がした。そっと近づくのは洋子さんである。眠った振りをしていると、天井の照明を消して出ていった。

「後で社長さんが顔を出されるそうです。昨日まで出掛けていたので。ニュースがあるかもしれません」

朝食が終わると洋子さんが頷き、敬は軽い吐息をついた。

「そういえば、もう五日になるのか……」

「だからさっきテレビを持って来たのです。でも、まだ観てませんね」

「静養第一を続けているのです。しかし後で点けます。音を聞くだけかもしれませんが」

「それなら番組表がいりますね。事務所の新聞をお持ちしましょうか」

「ニュースの時間は分かるからいいです。しかし一日遅れで見せて貰えますか」

「でも、切り抜きがあります」

洋子さんは社長の指示で、美術関係と死亡記事をファイルすると言う。そして広い交際範囲を匂わせた。

「では、いろんな情報に詳しいでしょうね」

敬が興味を示すと、洋子さんは何か気付いたのか、顔を赤くして言った。

「すみません。社長さんが待っているので失礼します」

慌てて去ると、本人が姿を見せて言った。

「さっき会社から電話がありました。専務が課長さんと話したそうです」

内容は敬の病状と治療期間で、治るまで面倒を見る約束をしたという。課長は礼を述べ、仕事は心配しないで早く治すよう伝言を頼んだのである。

「専務はあなたの話に合わせて病状を重くしたので、一週間くらいしたら電話した方がいいでしょう」

敬が頭を下げると、社長さんは表情を改めて言った。

「ところで山に上った時、変なものを見たり聞いたりしませんでしたか」

「それはないです」

「では、どうして一晩中、山を歩いていたのですか」

やはりポイントをついて来る。敬はまた道に迷ったと神妙な顔をして、口を開いた。

「やがて日が暮れたのですが、明かりはどこにもありません。それに何度か深い森に入り、方向を見失いました。しかし遠くに高い峰が見え、その分かれ道で上りを選ぶと、先で下って元の場所に戻るのです。それを二度繰り返し、三度目に逆を行くと、街が見える山の頂上に出たのです。そこからは順調でしたが、それまで四、五時間掛かりました」

それは当日の、温子たちと別れる前に過ごした時間である。敬が視線を逸らさずゆっくり話すと、社長さんはその後の経過を話してくれた。

まず敬の事故は警察の関係者以外誰も知らないと言う。社長が表沙汰にしなかったのと、稲が翌日刈り取られて証拠がなくなったからである。しかし警察には四年前の事故を聞いて、お迷宮入りを確認したたし、町内会の会長も新たな情報を持っていなかった。だからまだ犯人の手掛かりは掴めてないと、頭を下げるのだ。それはむしろ好都合である。敬は礼を述べて明るく頷いた。

「次はこちらの神社ですね」

「うちは寄付をするだけですが、旧町内の家は代々続く仕事をします」

社長さんはお札や破魔矢の制作から、大文字焼きの薪集めを挙げて口元を緩めた。

「薪はどこから来るのですか」

「山本さんが上った山です。上流にずっとあるので、不足しません。今回はやや奥に入るので、運ぶのに苦労するようです」

「先日、白い服装の行列を見たのですが」

「それも仕来りで、山上で感謝を捧げます。皆、祭りで生活していますから」

「では、結束は固いですね」

「内輪でよく集まっているようです」

社長さんはやや考える眼差しをして、軽く頷いた。

「私は幸運でしたが、新たに商売を始めても敵《かな》いません。既に同じ職業があり、それも先祖代々だから」

「やはり伝統ですか、それなら神社の起源も古いでしょう」

「もちろん人間と同じです！」

社長さんは声を強めると、同じ口調で和尚さんから言われたと、首をすくめた。

「人間の始まりはアフリカと聞きましたが、かなり遠いですね」

「それが長い時間掛かって世界中に広がり、それぞれの地域で国と固有の文化が生まれた。我が国でも太陽と月はもちろん周りの特異な自然物に神威を感じて敬い、やがてしかるべき場所に小さな建物が作られた。そして人口が増えるにつれて建物と周辺は整備され、今日の姿を整えた。その間また長い時間が掛かったが、人間の代替わりは途切れない。いや、それを保持するために、神社はあるというのです」

「しかし人間がいないと建物は維持できないでしょう」

「だから互いに必要なのです。神社がないと人は集まれません。それで費用がいくら掛かっても祭りは続けるそうです」

「では、大きい組織があるのでしょうね」

敬は重い心で聞いた。一番の懸念は自身を襲った連中の動向である。

「お山も一つの生命体です。しかし邪《よこしま》なものはありません。すべて皆のためになるものだそうです」

「それならいいですが……」

「実は昨日、宮司さんに会ったのです」

社長さんは会社の顧客の一人と伝えて、定期の挨拶に訪れたと打ち明けた。

「これから忙しくなるので長居はしませんでしたが、神社の沿革を尋ねると今のような話が出ました。やはり強い責任感と信念をお持ちですが、神社の存続以外、些細なことにはこだわれません。絵画の趣味も一流なので、お付き合いが続いているのです」

「些細なこととはどのようなものですか」

「人間の歴史は大人が関わるので複雑になりますが、誕生の仕組みは原初と変わらないので、健康と衛生に気を付ければ自然に成就します。だから外の出来事は母体が守られる限り重きを置きません。つまり本体以外はすべて些細なことになるのです」

「なるほど」

敬は言葉を交わした初老の宮司さんを思い出したが、本人かどうかは分からない。しかしそれは隠しておきたいので、話題を変えた。

「宮司さんはどんな絵を好まれるのですか」

「主に女性の肖像画で、特に内面を感じられるものです」

「では、一堂に集めると壮観でしょう」

「いいコレクションです。実はうちでも二点納めています」

「さすがですね」

「ただ、不即不離です。私はよそ者ですが、祭りの手伝いには行くし、お客様としていい関係を保たせて頂いてます。ただ、よそ者の入れない世界があります。その方が私も気楽でいいのです」

それなら過剰に心配することはないと考えて、敬は言った。

「お客さんはどのように見つけるのですか」

「基本は電話帳に広告を出します。そして年に一度、近隣の街で販売会をします。今は大口のリストがあり、定期的に訪問して情報を伝えます。主に遊びの話ですが……」

「ゴルフですか」

「それに魚釣りと、お茶や俳句の会もあります」

「どれも奥が深そうですね」

「最初は誰でも初心者です。それで俳句はどうですか？　それなら寝ていてできるし、費用も殆ど掛かりません」

「そうですね……」

敬は眉を寄せた。もちろん多くの愛好者がいるのは知っている。ただ、小説やエッセイより軽く見ていた。しかしよい入門書があると熱心に勧められ、承知した。療養の気晴らしを考えたのである。

「あなたなら大丈夫です。実はまだ会わせていませんが、私の叔父が熱心なのです。倉庫にいるので行ってみて下さい。いろいろ教えてくれると思います」

社長さんは大きく頷いて部屋を出ると、入門書と共に芭蕉の生涯と作品をまとめた本を持って来た。そしていずれ歳時記も用意すると明るく言って、姿を消した。

その入門書は基本を順に説明していて分かり易い。ただ、芭蕉は急に難しくなった。しかし辛抱して第一章を読んだ。そして秋の季語の『良夜』を基に考えていると、ドアが叩かれ、洋子さんが顔を見せた。そして二冊の本を目にして声を上げた。

「社長さんから聞きました。楽しいので山本さんも会に参加して下さい」

そして憲二さんを除く全員がメンバーで、月に二度、食堂で句会を開くと教えた。

「憲二さんも入門書を読み始めたので、入るのは時間の問題です」

「私の返事は、芭蕉を読んでからにします」

敬は苦笑して言った。そして明日から、運動のため食事は自分で食べると伝えた。

「心配なら見ていてくれてもいいです」

洋子さんは回復の進捗《しんちょく》を感じたのか、笑って頷いた。

それから一人になり、また『良夜』に取り組んだ。それは旧暦八月十五日の名月の夜をいい、同九月十三日の後の月の夜をさすこともあるらしい。つまり現代の九月と十月に地平から現れる月が最も明るく美しく見える夜で、先人の作が二句並んでいる。どちらも月光に身を置いた感激と喜びに溢れたものになっている。自身もそんな経験を探すが、すぐには思い出せない。しかし上弦の月が浮かんだ。それはお山の体験である。特に山を抜け出す夜は、わずかな光が役立った。そして二人の顔も浮かぶので、記憶が蘇りつつあるのを感じた。しかしやはり満月である。今度は目を閉じて考えると、いつか眠りに落ちていた。


「山本さん、大丈夫ですか」

業者の川口が眉を寄せて言った。

「今日、見積書を持って行くと、山本さんの席に倉庫の吉岡さんがいました。書類が溜まっていて忙しそうなので、交通事故で怪我をしたと聞いただけで帰りました」

「すまん。事情があって電話できなかったんだ」

「それはいいですが、怪我はどんなですか」

「左の踵だが、リハビリを入れて一か月の休みを取った。ただ、少し歩けるから心配ない」

「しかし今どこにいるのですか。よかったら見舞いに行きたいのですが」

「それは内緒。ある会社の世話になってるが、いずれ連絡するから、待ってよ」

「何かあったのですか。私でよければ協力しますが」

「むしろじっとしていた方がいいので大丈夫だ」

「それが一か月掛かるのですか」

どう答えようかと下を向いた時、軽い物音がした。すると急に川口の姿がぼやけた。慌てて目を凝らすと、そのまま消えた。しかし体を覆うものを感じた。布団である。急いで目を開けると、白い顔が正面にあった。目を大きく開いた洋子さんで、声を弾ませた。

「よかった。具合はどうですか！」

そして自身がまた一日眠り続けたと言う。

「もう水曜日の夜です。朝は疲れたのだろうと思い起こしませんでしたが、昼も起きないので焦りました。でも、専務さんが大丈夫と言うので、時々見に来るだけにして、これが五度目です。それよりお腹はすいていませんか」

洋子さんは既に時間は過ぎたが、夕食の用意は出来ると言う。先にトイレに行くと、三郎さんと憲二さんがそれぞれのドアを開けて具合を聞いた。

「少し寝過ぎました」

敬は心配ないと答え、二人は笑って見送った。

「足を引きずらなくなりましたね」

廊下を戻ると、部屋の前で専務さんが笑みを浮かべた。そういえば痛みは減っている。いや、寝ている間に軟膏が塗られていた。その礼を言うと、

「若いからよく効くのです。いま用意してますから、しっかり食べて体力をつけて下さい。それが一番の治療法です」

専務さんは、後は洋子さんに頼むように言って、事務室へ戻った。

牛肉がメインの夕食を終えてお茶に移ると、敬は言った。

「何か書くものはないですか。本のいいところを写したいのです」

「では、後でお持ちします。会社の備品がありますから」

「いま代金は払えませんが」

「キャッシュカードがあるのが分かりましたから、お貸ししておきます」

洋子さんは軽口を言うと、新聞も読むかと目を向けた。

「じゃあ、先週の土曜日からお願いします」

それは日付順に重ねて届けられ、順に読んだ。政治経済が主であるが、他も見出しを見て進む。しかしいつも観ている新聞と違うので、短い時間で、五日分を終えた。ただ、政治経済で切り抜きが散見されたし、要人の訃報欄はすべて抜けていた。しかし畳に着けた両膝が痛くなり、寝る用意をした。

「あっ、山本さんですか、今井です。そこで倉庫番をしてます」

初老の男性が笑みを浮かべて言った。洗面所から廊下に出たところで鉢合わせしたのである。

「お世話になってます。お名前は伺っていたのですが、お目にかかれて嬉しいです。美術に造詣が深いと教わったので」

「そうでもないです。ところで俳句を始めるそうですね」

「まだ、本を読んでるだけです」

「それで社長が喜んでいました」

今井さんは少し待つように言ってトイレから戻ると、玄関の外に建つ倉庫に誘った。

「外部の人は来ませんか？」

「明かりを点けていると、常連客がたまに来ます」

「では、遠慮します。ここにいるのを知られたくないのです」

「会社の入口に監視カメラがあるので、十分対応出来ますが」

「でも、寝間着でないときお伺いします。それと上着の修理をしていただいているようですが、どんな状態ですか」

「右のポケットが縦に切れていたのを縫って、ズボンと共に洗濯しただけです。そこで身分証明書一式を見つけました。キャッシュカードもありましたよ」

今井さんは洋子さんから聞いたと告げて、いま渡そうかと真剣な目をした。しかし先に断ったばかりである。それで明日の午前中を挙げて、都合のいい時間を聞いた。

「では、始業時間の九時にしましょう。お客さんが来るとしても十時過ぎだから」

敬は頭を下げて部屋に戻り、布団に横たわった。やや長い立ち話でまた腰と踵が痛んだ。しかし肩と共に初日より格段に良くなっている。しばらく手足を動かして口元を緩めた。そして明日の訪問を楽しみにした。

「ポケットの傷は全く分かりません。それにズボンもきれいになりました」

「似た生地があったのでうまくいきました。着てみますか」

「大丈夫です。それより大変お世話になりました」

頭を下げると、今井さんは小さな紙包みを取り出した。

「これが全部ですが、なくなった物があれば教えて下さい」

広げたハンカチの上に健康保険証と免許証ケースが重なり、横にアパートの鍵がある。名刺とキャッシュカードを確認し、ボールペンを挟んだノートと小銭入れがないのに気付いたが、どちらも重要ではないので黙っていると、小さな物でもと促され、両者を告げた。

「はずみで落ちたのかな、じゃあ、探しに行かせます。それも大事な証拠ですから」

今井さんは応接セットに腕を振った。そしていい香りのするコーヒーポットを手にした。

敬は席に座り、周囲に目をやった。大きな倉庫の角に設けられた十坪ほどの部屋で、よく磨かれた板敷の中央に、向き合わせに置いた事務机と横に作業台のような広いテーブルが並んでいる。右側と正面は上部に窓があるが、後方と左側は高い壁である。倉庫へ通じる引き戸が正面と左側にあり、残った壁に大型の書棚と絵の陳列ケースがあった。そしてたくさんの美術書と額縁に入った四点の絵が見えた。

「何もないがこれだけは贅沢をしています」

今井さんがコーヒーを運んで言った。それもしゃれたカップである。向き合って座り、互いに口に運ぶ。それは苦みと甘みのバランスがよく、上品なのだ。それに大型の美術書や額縁の絵も異彩を放っている。

「うちの会社の倉庫事務所とは大違いです」

敬はコーヒーの味を褒めた後、顔を軽く動かした。

「部屋はこの倍くらいで机の数も多いですが、床はコンクリートの土間で、作業服の社員や外部の人間が出入りして騒々しいです」

「私もいろんな会社にいたので分かります。しかし絵を描いていたのでこの会社に入ったのです。もっとずっと前に絵はやめました」

「どうしてですか」

「皆、私より上手いからです。いや、新しいテーマを見つける執念がないのです」

今井さんは二年の結婚生活を経て、三十年近く独身を続けているという。そして親の意向でピアノと絵を習ったと話し始めた。しかし日々の練習に飽きて気晴らしをするうちに、他の分野の友人が出来た。それは高校生の頃で、大学でピアノはやめた。そして社会人になり、三度会社を変わった。いずれも優秀な社員と認められたが、大きな成果を挙げた後や、自由な行動を縛られると身を引いた。そして余暇に続けていた絵に専念した。しかし文学に興味が広がり、いつか俳句の結社に参加した。それから文学者はもちろん経済人や医者、教師等と交流し、文章の融通無碍なところに気付いた。ペンと紙があれば何でも表現できる。それに音楽や絵画と違い、過度な技術は不要である。ただ、事物をよく見る目と他人に分かる文字が書ければいいと言う。

「それで肉体労働である絵を描くのはやめて、観察者に徹することにしたのです」

今井さんは最後に苦笑して頷いた。

「それがいいのはいいとこ取りが出来ることです。つまりあらゆる物に触れられるが、興が乗らなければやり過ごし、あれば深く関わる。まあ、怠け者の生き方ですが」

「いま心掛けておられるのはどんなことですか」

「日々の生活を少し贅沢にすることです。つまり良い物を口にしたり、身の回りに置くようにしています。美術品を扱うのは、一種の夢を売る仕事ですから」

「実は私も絵や小説のようなものを書いていました。でも、いまの会社では十分な時間が取れないので悩んでいます。私もどちらかと言うと怠け者の方ですから」

「では、気が合いますね」

今井さんは笑みを浮かべ、カップに残ったコーヒーを飲み干した。そして小さく手招いた。敬も素早く飲んで、陳列ケースに近づいた。

「これは今からお客さんに見せるのですが、価格の設定に頭を悩ませます。だから表示はしていません」

「美術年鑑を使うのですか」

「しかし絵の完成度が重要になります。それに染みや傷の有無に額縁も関係するから年鑑通りにはいきません。これは問題ないですが、良かったら印象を聞かせて貰えますか」

作品は相応の額縁に入った油絵である。若い女性の全身を無地の背景に描いた50号が一枚で、花瓶に溢れる赤いバラと、山中の神秘的な湖や、明るい海辺の風景が20号から30号のサイズで並んでいる。

敬は足早に移動しながらそれぞれを一瞥し、次にゆっくり戻った。作者が分かるのは女性像で、他はサインを確認した。それはビッグネームではない。しかし最良の作品と認めた。それで笑みを浮かべて頷くと、今井さんが興味深そうな目を向けた。

「確かに皆いいです」

敬は言った。

「しかし買うかと言われると首を振ります。絵はかさばるからです。それに気を紛らすものは別にあります」

「それは何ですか」

「旅行と読書です。それに料理ですか……。生意気なことを言えば私も絵は描けますから」

「では、この一番はどれですか」

「人物です。ノースリーブのシャツですが、裸でこちらを向いているような立ち姿に、大きく見開いた目と微妙な恥じらいの表情が、若い女性の危うさのようなものを表していて、とてもいいです」

「同感です。では、山中の湖はどうですか」

「これは画家のイメージと思います。それで夕焼けの終わった空と手前の山頂の石が同じ明度になっているのでしょう。人物はいませんが、そこと暗い湖畔にその気配を感じます。これから物語が始まるような雰囲気がいいです」

「全体はかなり暗いですが、何か希望のようなものがありますね」

今井さんは満面に笑みを浮かべた。すると軽い電子音がして、机上のパソコンが明るくなった。

「お客さんです。いまお話しした」

映像は会社の入口で、大型の白い車が門を入り、お客専用の駐車場に曲がるところだった。

「では、私は失礼します」

素早く上着とズボンを紙袋に入れると、今井さんが言った。

「事務所で受付をするので、そのとき出たらいいです」

リモコンを手にすると、応接セットの側にある大型テレビが点いた。六等分の画面に別々の景色が映っている。上段の中央に、パソコンと同じ画面があった。

「その左が事務所で、他は会社の四隅です。金目の物を置いているので万全を期しているのです」

「警備はどうしているのですか」

「業者がいて、こちらと同じ画面を観ます」

改めて事務所を見ると、専務さんと洋子さんが席についている。四隅は車が通る道路と刈り入れの済んだ水田と畑で、人影はどこにもなかった。そして中年の紳士がパソコン画面を横切り、事務所に入った。同時に洋子さんが立ち上がり応対を始める。

「もういいです。またゆっくり話をしましょう」

今井さんが目で笑うと、敬は靴をはき、一礼して部屋を出た。

「小銭入れが見つかりました。警察からいま届けられたと今井さんに電話があったそうです」

その日の午後、洋子さんが部屋に来て言った。

「それから午前中のお客さん、残りの二点も買われるそうです」

「皆いいので欲しくなったのでしょう。あれは展示の仕方もよかったから」

「でも、山本さんのお陰と、今井さんが喜んでいました」

絵は50号の人物と、30号の山中の湖が売れたと、昼食時に聞いた。しかし山中の湖は他の二点と競合したらしいのだ。それを決めたのは絵の解釈で、敬の見方が役立ったという。そしてそれが残りの購入に繋がったらしいのだ。

「絵の力です。それよりいまお客さんはいませんか」

「はい、山本さんに来て貰いたいそうです」

洗濯したスーツに着替えて倉庫に行くと、展示ケースの前に三郎さんと憲二さんがいた。

追加の二点は作業台にあり、別の作品がおよそ六十センチ高い陳列ケースの床に立てかけてある。二人は敬に笑って頷くと、納品に行くと今井さんに告げた。

「ああ、気を付けて」

「ご苦労さまです」

敬も二人に頭を下げて見送った。すると今井さんが二人は朝から仕入れた絵の分類と品質チェックをしていたと教えた。

「展示ケースにあるのはその成果です。これも後で意見を聞かせて下さい」

そして今日は敬も貢献したと礼を言い、応接セットに腕を振った。

「小銭入れは警察にも知らせたので、探しに行く手間が省けました。それですぐ行きますか」

そこへまた香りのいいコーヒーを運んで来て言った。

「その前に、誰が届けたか知りたいのですが」

「それが分からないのです。無地の封筒に入れて署内の廊下に落ちていたからです」

「監視カメラはないのですか」

「ありますが、玄関の中を大勢の人が通った後なので、人は特定できないのです」

「それなら行くのは考えます。何か作為があるようなので」

「確かに妙ですね。しかし拾った場所が書いてあったので、ほぼ間違いないと思います」

「それは有難いですが、どうも引っ掛かります」

「何か心当たりがあるのですか」

今井さんが目を凝らしたので、敬は苦笑して言った。

「考え過ぎかもしれませんが、小銭入れを届けたのが私を撥ねた仲間としたら、何か起きそうですから」

「では、少し様子を見ますか」

「それに細工をされるかもしれません。例えば位置が分かるチップ等です」

敬が頷くと、今井さんは小さく笑った。そして既に上着の胸ポケットに入っていたと言う。

「車に検知器を付けているのですぐに分かったのです。それでたまたまあったチョコレートの銀紙に包んで川に流したそうです。うまくいけばもう海に達しているでしょう」

「それは気付きませんでした。どうもすみません」

「それは分かったからいいですが、相手はあなたに強い関心があります。問題はその目的ですが……」

敬が顔を赤くすると、今井さんはじっと目を向けた。やはり何か感じているのだろう。しかしいまは知らぬ振りをするしかない。困惑した表情で首を振ると、

「そうですか。でも、気付いたことがあれば教えて下さい」

軽く笑って、話は終わり、新たな絵の展示を手伝った。そして作品の感想を述べて部屋に戻った。長い時間動いたので、肩と腰や踵に痛みが出た。すぐに寝間着に着替え、布団に横になった。体は楽になったが、気になるのは今井さんの関心である。それはいずれ解かなければいけないが、やはりチップが頭を占めた。思い当たるのは身近に接した温子である。

敬はお山の三日間を辿ったが、心当たりはなかった。それより誠実で好意的な仕草や顔つきが浮かぶのだ。しかし上司の指示には抵抗できない立場である。だからもしそうだとしても責

める気はない。ただ、本人には将来の希望が感じられた。役目が終わると水に流されるというが、真の自由になる比喩《ひゆ》だろう。そして好きなことをするのだ。それには自身も役に立ったかもしれない。そう考えると、別の可能性が浮かんだ。つまりこちらに接触したくて仕組んだのではないか……。それなら組織の脅威は減るが、新たな心配が生じた。チップはもうないからで、彼女は途方に暮れることになる。いや、もう会うことはないだろう。

　敬はふと我に返って苦笑した。やはり見えない組織が怖いのだ。こんなとき夢を見ることがある。それで瞼を閉じて、その出現を待ったが、眠りはなかなか訪れなかった。

四、第３の鍵

「じゃあ、ごきげんよう」

憲二さんが右手を上げた。商店街にあるビルの角である。敬は頷いて曲がり、五、六メートル先の入口に走った。中に同じ身なりの男性がいる。急いで帽子を被せ、眼鏡を渡した。そして廊下を奥に進むと、男性は素早く外に出た。敬は横の袋物の店に入り、路地に面したショーケースに近づいた。

その男性は向こう側の歩道を速足で歩いている。およそ二十メートル進むと、ショーケースの前を通り過ぎる人影があった。眼鏡をかけた若い女である。やはり急いで道を渡る後ろ姿を見ていると、憲二さんが軽く肩を叩いた。

二人は廊下の奥のトイレで、共にジャンパーを裏返し、裏の路地に出た。

「追いかけたのは一人でした」

そこで憲二さんが口を開いた。一旦反対側に歩いて戻ってきたのだ。

「眼鏡の若い女ですね。私は男と思っていたのですが」

次に入ったのは車が往来する通りである。道の端を憲二さんに続いて歩いていると、タクシーが横に停まった。後部の窓で洋子さんが笑みを浮かべている。憲二さんが前に乗り、敬は洋子さんの横に体を入れた。

「集合時間はまだですが、お二人を見かけたので停めて貰いました」

「助かりました。流星さんが喉を痛めておられるので、良かったです」

二人は前と後ろでカラオケの話を始めた。敬は俳号の流星と呼ばれる前にマスクをしている。そして喉を低く詰まらせた。

次に車を停めたのは土手下の家並みの中で、洋子さんが料金を払い、二人に合流した。

「怪しい人も車もいない。しかし決めた通りにしましょう」

憲二さんが顎を振り、洋子さんと敬は家の間の路地に入った。二軒先の土手に石段が付いている。手前に達すると、角にいた憲二さんが素早く駆けてくる。二人が上りきると、白い車が数メートル先に停まった。敬は前のドアを開けたままにし、後ろに乗った。そこへ洋子さんが入ってドアを閉めると、憲二さんが前のドアを閉めた。

「時間通りだ。女は公園でまいたそうだが、ここも問題なさそうだね」

運転席の三郎さんが、車を出しながら言った。

「最後まで見張っていたから大丈夫です。追ってきても、このカーブに隠れたので、近所の家か河川敷を探すだけでしょう」

憲二さんが三郎さんに頷くと、顔を振り向けて言った。

「警察で、チップはなかったんですよね」

「それで裏口から逃げたのですが、やはり尾けられました。だから身代わりは有効でした」

敬が首をすくめると、洋子さんが言った。

「じゃあ、これに着替えて下さい」

憲二さんにカーディガンを渡すと、敬は腰をずらして体を沈め、毛糸の帽子をかぶった。これも変装である。公園は隠れたビルの反対側にある。しかし用心に越したことはないので、さらにしたのだ。やがて会社に通じる道に曲がると、座席に横になり、毛布を掛けられた。姿を見られて、会社を疑われるのを恐れたのである。

そして車は減速したが、敬はなお、お山の出来事を隠しているので、気が重かった。しかし何度か催促されたので、警察に行ったのだ。もちろん事前に対策を講じ、それが機能したのである。それに今日から東（左）の神社の祭りが始まっている。だからあと一週間辛抱すれば自由になるはずである。思わず唇を引き締めると車は停まり、毛布が除《の》けられた。

そこは倉庫の中である。最後まで人目を避けたのだ。起きてドアを開けると、今井さんが笑顔で迎えた。

「皆さん大変お世話になりました。おかげで無事に帰りました」

敬は周りの四人に頭を深く下げた。

「良かったです。では、十分後に食堂に集まって下さい。報告会をしますので」

毛布を手にした洋子さんが、明るく言った。

三郎さんは車を倉庫の外に出し、憲二さんと敬は変装用の服と小道具をロッカーに収め、会社の作業服を着た。健康を回復すると、敬も倉庫の仕事を手伝っていたのである。

「うまくやったね」

事務室に入ると、三郎さんと話していた今井さんが声を上げた。

「チップはなかったから、予定通りにしました」

敬は小型の電波発信機を戻すと、透明のポリ袋を掲げて言った。

「これならすぐ分かります。しかし硬貨が千五百円ちょっとと千円札が三枚ありました。今回、皆さんに動いていただき、たいへん助かりました」

中の小銭入れは、黒い革製で、手帳の半分強の大きさである。

「今日の動きは相手の一端が見えた。それにうちもいい経験になった」

今井さんが頷くと、憲二さんは言った。

「やはり内部に協力者がいるようです。疑えばタクシーも」

「ここは共同体意識が強いからね。では、報告会が楽しみだ」

三郎さんは軽く笑い、四人は食堂へ向かった。

「今日はお疲れさま」

皆が揃い、社長さんが言った。

「うちは公にしていない仕事に要人警護があります。それは個人を、相手に気付かれないように守る方法なので、今回、いい経験になると思って計画しました。それがうまくいったので良かったです。それは事前によく準備したことと幸運の賜物と考えて下さい。特にうちのような仕事はぼんやりしているとじり貧になる。かといって出しゃばるのも良くない。私のモットーは目立たず良い仕事をする、です。今日の経験がどう繋がるかそれぞれ考えて貰うとして、先ずは実行組の体験と感想を話して貰いたいと思います」

「では、私から……」

敬が口を開いた。そして受け取りは、申し出た形と色や金額が一致したため簡単に済み、位置表示のチップはなかったと告げた。

「それで奥の通用口を出て、裏口から敷地を出ました。そして憲二さんと会う場所に急ぎました。誰かが尾けて来ると思ったからです」

「それは若い女です」

すぐに憲二さんが言った。

「私は遠くで、山本さんと少し離れて同じ速度で歩く人を見つけました。そして近づき、話しながら目をやると、立ち止まって動かないのです。それで女が顔を背けた時、目的のビルに向かいました」

「そしてその陰で、身代わりと交代したのです」

敬が続けると、三郎さんが頷いた。

「彼は展示会等、うちで人手がいるとき頼む会社の社長さんで、運動神経は抜群です。それで公園で振り切ったのですが、気になることを言っていました。立ち止まった女に携帯が掛かり、急いで引き返したので、ばれたかと不安になったそうです」

「それも考えて変装を替えビルを出ました。そしてバス通りを進むと、洋子さんのタクシーが来たのです」

「私は今井さんの指示で、現地に五分前に着く計算で、待合所のタクシーに乗りました」

洋子さんが口を開いた。

「今日から祭りなので道は混むと思ったのですが、意外に進み二分早くなりました。それでコンビニに入り、時間を調整しました。そして予定の区間の半ばで追い付きほっとしました」

するとまた憲二さんが言った。

「車中の会話も決めた通りなので、本当のことは分からなかったでしょう」

「それに土手の車に乗ったから、後を尾けても対応できません」

三郎さんも口を添え、会社までのドライブも問題なかったと話すと、社長さんが洋子さんの機転を褒めて言った。

「今回、携帯の使用を禁じたのは、状況を各自が判断して行動する良い機会と考えたからです。そして皆の位置と移動を把握するためでした。では、担当の今井さんにお願いします」

「私の役目は各自の調整をすることです。その例にさっきの洋子さんがありました。しかし後は黙って各マークが動くのを見ていました。ただ、山本さんは電波発信機で、少し面倒を掛けました」

「あれは一人の時は点けますが、同僚に会った時は消しました。電波が強いので用心したのです。しかし必ず五秒重ねて、一緒にいるのを伝えたのです」

敬が頷くと、今井さんは笑顔で言った。

「もちろん誘拐のケースも考えました。それで玄関前に知り合いのカメラマンと助手に待機して貰いました。出入りする人や証拠の写真を撮るためです。幸い大事にはいたりませんでしたが、写真はあります。それがこれで、さっき届いたのです」

そしてB5の封筒を取り上げると、憲二さんと敬の前に押し出して言った。

「この中にその女と一味が写っていないか、よく見て下さい」

写真は大判のカラーで、数十枚ある。憲二さんが二つに分けて、互いに目を凝らした。敬の方は敷地の入口や建物の玄関から始まり、六割がた埋まった駐車場や出入りする車の前のクローズアップに、バイクと自転車置き場が入っている。人は一人から数人があちこちにいた。中に女はいないが、憲二さんが黙って寄せた二枚の写真に、目を見張った。

一枚は若い女と初老の男を横から撮ったもので、OL風の服装と細身の姿があの女と重なるのだ。しかし顔は頬の一部と眼鏡の端が見えるだけである。次は自動ドアの前に立つ二人で、頭頂に髷を結《ゆ》った髪型と薄茶色のスーツの後ろ姿があった。

――顔がもう少し見えるといいんだが……。

再び写真を手にして目を上げると、眼前に社長さんと今井さんの顔があった。

「これですが、男は分かりません」

二人に渡して憲二さんを見ると、もうないと首を振る。その中に自身の姿もあったが、初老の男が一人で玄関を出る写真があった。

「女とこの男は関係ない気がするな。顔が好人物過ぎる」

社長さんが首を振った。

「女は緊張が見られるし、他に写ってないのは、裏口から出たんだろう」

そして皆に写真が回ると、男は二年前の展示会に来たお客と、専務さんが覚えていた。しかし怪しい者は他に見当たらず、また顔見知りもいなかった。

「女は一人だったのでしょうか」

「いや、仲間がいたはずだ。カメラがあるので用心したのかな。しかし彼女を探せば何か分かるだろう」

社長さんは皆を見回すと、敬に笑みを浮かべた。

「これで山本さんの問題は解決した。後はいい返事を貰うだけです」

「それはもう少し待って下さい。いえ、一週間あれば大丈夫です」

敬は健康を回復して数日後、入社を打診された。倉庫の仕事をそつなくこなすし、俳句の会に入り、皆とさらに打ち解けたのだ。それに生活を変えたい気持ちがあるのを知られていた。

「よし。久し振りに皆で昼食会をしますか」

三郎さんの声に拍手が上がり、専務さんが言った。

「今日のメインは、昨日から仕込んだビーフシチューです」

それは既に洋子さんが鍋をみている。そしてみそ汁のいい匂いが漂ってきた。


「では、始めます」

白いマスクに手袋の今井さんが頷いた。倉庫の作業台で、検査の道具が横にある。正面の黒い布には、小銭入れが置かれている。警察で受け取った時からポリ袋に入れたのは、指紋を取るためである。

今井さんは白く浮いた指紋をフイルムに移し、裏側も同じ作業をする。そして全部を照合して、首をすくめた。明白なのは二度現れた六個と敬の二個である。前者を遺失物係のものとすれば拾った人の指紋はないのだ。

「やはり消したんですね」

「それが分かっただけでもいいよ」

今井さんは手袋を外すと、壁の時計を見て言った。

「ところで携帯を買われるそうですが、今日はどうですか。もうすぐ運送会社が専務の絵を取りに来るので、それに便乗するといいです」

「美術展の締め切りでしたね。それは隣の街ですか」

午前中の経験があるので、やや眉を寄せると、熱心に言われた。

「それなら人目に付かなくていいでしょう。帰りは営業に出た二人が迎えに行きます」

「じゃあ、そうしますか……」

やがて高い荷台をシートで覆った小型トラックが門を入り、事務所の前に停まった。

荷物は百号の油絵で、倉庫の壁に立てかけてある。遠くにススキの穂が白く広がる大地に横たわる八本の古びた丸太を描いたもので、屋根の骨組みのように交差した上部の先端と下に伸びる丸太の端にとまる二羽の黒い鳥が、何かの遺跡のような雰囲気を醸している。前に見たより神秘性が増し、細部の仕上げも完璧なので感心していると、専務さんが現れた。そして絵は過去の心象風景と聞き、関連の話をしていると、車が入ってきた。

「では、お願いします」

絵は荷台に積み、敬はその横に座った。やはり人目を避けたのである。そして四十分強走って、後部のシートが開いた。絵は他の作品と共に三点ある。お礼に下ろすのを手伝い、携帯の販売店に向かった。事前に貰った地図を、車中で頭に入れたのだ。そこは広い通りに面しているが客の姿は少なく、待つ間もなくいろんな機種を紹介された。しかし料金の安いのを選び、手続に入った。一時間後、一台を手に入れ、店内を見回すと、陳列の商品を見ていた男が顔を向けた。憲二さんで、目で合図して、表へ出ていく。敬は念のため周囲を見ると、十秒待って店を出た。

「山本さん、元気ですか！　心配したんですよ」

車中で携帯を使うと、業者の川口が声を弾ませた。

「都合があって連絡できなかったんだ。しかしもう大丈夫」

軽く応じると、今どこにいるかと聞いて来る。それで例の街と答え、怪我をしたと話すと、それは会社の市村さんから聞いたが、その間どうしていたかと声を強めた。

「全治三週間だったんだ」

会社に通知した通りを言い、いまリハビリ中と告げた。しかし本当は元気に動いている。それで心で謝ると、川口は言った。

「実は先週、転勤の辞令が出たのです。場所は隣の県庁所在地で、出発は一週間後です」

「では、忙しいだろうからまた電話する。こっちは心配ないから」

敬は明るく言って電話を切った。すると運転席の三郎さんがバックミラーから軽く目配せをした。隣の憲二さんは振り向いて頷く。初めての通話を祝福しているのだ。それでもう一件と会社の職場の番号を押すと、知らない女性の声がして、市村は風邪で休みと言う。そして用件を聞くので、また掛けると話して、電話を切った。

「今のは会社です。様子を知りたかったのですが、知り合いが休んでいたのでやめました。他の人とは話したくないので」

「では、うちに来る気があるのですね」

三郎さんが言った。

「でも、辞めるには準備がいるのです。一番は引き止める人をなくすのです。そうされると迷うからです」

「山本さんは優しいですね」

同時に二人が言った。

「世話になったら特にです。足を向けられないのが一人いるので、会社への連絡は一度しただけです」

「その代わり、向こうから二度あったように聞いています」

憲二さんが大きく振り向いた。

「あれは私とペアで仕事をしている者ですが、専務さんと洋子さんにうまく言いつくろって貰い、私は出ませんでした。話すと迷いが出るものですから」

「そうでしたか。何かあると思ったのですが」

敬は無言のまま顔を伏せた。頭に女性用のショールを被っているが、車は赤信号で停まり、後方からオートバイの強い排気音が近づいたのである。

その後、敬はまた座席に横になって姿を隠し、会社に戻った。

午後八時、新しく借りた俳句集を読んでいると、携帯が鳴った。

「今いいですか？　昼間は挨拶回りで、よく話せませんでしたから」

業者の川口である。それで互いに近況報告をした後、口調を改めて言った。

「実は、山本さんは女性と山に行ったのではないかという噂があるのです」

そして私生活も不明のところがあるし、アパートに移ったのも怪しまれていると付け加えた。

「あれは絵を描いていたからで、アパートは見聞を広めるためだ」

「知ってます。だから噂は質《たち》が悪いのです。私も立場が微妙になりました。まあ、一部の課ですが」

「連絡しなかったのは理由がある。長い物には巻かれよという諺《ことわざ》があるだろう。そんな体験をしたので自重していたんだ」

「私も営業上あります。それで事は収まったのですか」

「もう一週間くらいかかる」

「では、私の転勤と同じですね」

「そうなるね。じゃあ、片付いたら顔を見に行くよ」

「会社は辞めるのですか」

「ああ。ここは仕事の専門性が高く勉強になる。それに命を助けられたお返しをしたいんだ」

「それは花婿レースと関係あるのですか」

「途中で脱落したが、別の経験が出来た。まあ、詳しいことは今度話すよ」

「へえ、楽しみですね。しかし今日は安心しました。私も向こうで頑張るつもりです」

「ああ、お互い頑張ろう」

二人は前途を祝して電話を切った。


しかし翌朝、体がだるく布団から起き上がれなかった。食欲はなく、ただ眠いのである。

「昨日の疲れが出たのかな。このままにしておきましょう」

体温計の正常値を見て、専務さんが言った。

起きたのは昼前で、食事をするとまた眠くなり、次に目覚めたのは二時である。側にいた洋子さんが濃いお茶を飲ませてくれ、二人でホールを歩くと、脚に力が入った。

「もう、大丈夫のようですね」

「じゃあ、専務さんと今井さんに挨拶して来ます」

敬は専務さんに軽く礼を述べ、今井さんを訪ねた。そして昨日頑張ったのがいけなかったと頭を掻くと、やはり人間だったかと冷やかされた。交通事故の後、急回復したからである。

そして夕食は、祭りの手伝いに出た社長さんと三郎さんを欠く四人で摂り、また皆にからかわれた。

その後、敬は自主的に皆の食器を洗ったが、体の痛みはなかった。それで社長さんと三郎さんの帰りを待ち、祭りの様子を聞いた。

「今日も八分の人出だが、明日から本祭りなので、賑わいはピークになるだろう」

「うちは今日が初日で一日いたが、明日からは、早番か遅番のどちらかを務めることになります」

そして受け持ちは、密集する参拝客の交通整理と教えた。

「それは規律がありましたが、大きな事故でもあったのですか」

「十年前、四十代の女性が境内で圧死しました。低い段差に転んだもので、重軽傷者が七、八人出ました。現場は平らにして、歩くコースも変えました」

「補償はしたのですか」

「あれは団体で、バスの時間に急いだのです。それを勘案して金額を決めたようです」

「いろいろ大変なのですね」

敬は食事の邪魔を詫びて、自室に戻った。そして深いため息をついた。先ずは昨日の反省である。いや、午前と午後、目的を果たしたので良かったが、体力のなさを痛感したのだ。しかしまた一日が過ぎようとしている。それであと数日、頑張ろうと思ったのである。

祭りの三日目、社長さんと三郎さんは早々に出掛け、会社も連休になった。

敬は今井さんと在庫の絵を確認している。パソコンで目録を見た後、作品を取り出して、価格や品質を目に焼き付けるのだ。それも今日で一段落するので一休みすると、洋子さんが大玉のミカンを両手に現れ、二人の前に置いた。

「産地のお客さんから届いたのです」

「もう、そんな時期か」

それを口にしながら話題は敬の健康に移った。もう問題ないと答えると、洋子さんが祭りは見に行かないのかと聞いた。

「東の社は一度見たし、人が多いのは苦手なのです」

洋子さんは同意すると、一昨日の経験で記憶が戻るかもしれないと、顔を赤くした。

二人が目を見張ると、何かで身動きできない周囲を、大勢の人が走り去る感覚が蘇ったと言う。

「でも、まだはっきりしません。ただ、胸が熱くなり、妙に寂しい気持ちが残りました」

それで今井さんがどうしたいのかと聞くと、神社に行ってみたいと言う。

「すると何か分かる気がするのです。でも、怖いので、山本さんに一緒に来て貰いたいのです」

「それはどうかな……」

今井さんは眉を寄せて、敬を見た。

「無理ですか……。実は初めて人がたくさんいる場所に行き、緊張しました。するとあの場面が浮かんだのです。それで確かめたくなりました。いえ、どうしてもそうしたいのです」

「それは分かったが、憲二君ではいけないの?」

今井さんが笑みを浮かべると、敬を真剣に見て言った。

「いつも話を聞いて貰っているので、早く知らせたいのです。それに山本さんも誰が悪いことをするか確かめたらいいと思います。その時は私も協力します」

「ああ、それもありますね。では、一緒に行くかな?」

敬が目を向けると、今井さんは笑って言った。

「じゃあ、もう一度応援するよ。うちもそれが誰か知りたいから。しかし準備をするので今日明日は無理かな」

「祭りはまだあるから大丈夫です」

洋子さんは声を弾ませ、敬も今井さんに頭を下げた。


「では、先に行きますが、昨夜話した場所にいるので、何かあったら来て下さい」

五日目の朝九時、法被を着た社長さんと三郎さんが大きく頷いた。

「仲間は右腕を振れば集まりますが、目印に帽子を被ります。前後二組ずつで、間隔は二メートル。混むと一メートルにします。そして常に進行方向左端をキープして下さい。何かあれば外へ出て貰うためです。では、神社で会いましょう」

二人は自転車に乗って出ていった。

神事の開始は十時である。洋子さんと敬は、憲二さんの車で、懇意の額縁屋に行った。既に仲間が八人集まっている。敬はあのカメラマンや代わりに逃げた内装店の社長さんに礼を言い、初対面の人に簡単な自己紹介をした。

「監視は午前中の予定です」

「それで解決できればいいですね」

皆は洋子さんのためと思っている。敬は緊張がややほぐれたが、洋子さんは硬い表情である。

そして二人一組が順に出て行くと、深いため息をついた。

「大丈夫。ただ、離れたらだめだよ」

既にその右手とズボンのベルトを紐で結んである。そして後続に軽く頭を下げて表に出ると、洋子さんがささやいた。

「二日あったので、気持ちの整理がつきました。もう何があっても平気です」

「私もそうだが、少し気を付けないとね。しかし君はうまくいくよ」

「それだといいのですが……」

左右に四手の下がる道に入ると、前方が混みあっていた。その手前に先頭と二番手の帽子が左端を進んでいる。そして後方も二つの組が見え、その先頭が軽く手を上げた。

「君は全員分かるだろうが、私は帽子がないと分からない」

「だから絶対に取らないで下さい。でも、私がいるから大丈夫です」

「じゃあ、先に君の気になる所へ行くよ。そこは高い石垣の近くだったね」

既に場所の見当はついている。敬は顔を大きく向けて言った。

「君は一人だったの」

「両親と妹がいました。いま思い出したのです」

「それはいい。家族が探している証拠だよ」

「でも一年経つのです」

不安な声に手を掴み、腰に引き寄せる。そして混みあった列に付くと、家並みの奥に、平らな稜線の山が見えた。

「あの麓に神社があるのですね」

頷いて進むと、横の人波が見えた。

「あれが参道へ続く道だ。神社は右の奥にあるよ」

そこは合流する人で混んでいる。それを法被の係員が誘導していた。二人も前に詰めると仲間の帽子が近くなった。そして横と合流すると、互いの体がぶつかった。そこを無理に横切り左の端に収まると、敬は言った。

「このまま先の橋を渡ると、左に出るから」

やがて皆の歩みが遅くなった。そして百メートル足らずを、十五分かけて橋の袂に着いた。そこは土手道が合流して混雑はさらに増している。先の参道も人で一杯だった。

ここで入場制限されるとまずいと敬が焦りを覚えた時、前方で太鼓の音が響いた。そして喚声と拍手が上がる。まだ五分前であるが、神事を始めたのだ。

「洋子さん、皆に集まるサインを出して下さい」

橋を渡ったところで敬は言った。目印は先頭の場所であるが、後方も目を配っているので、横に出て足を止めた。二番手も同様に動いて前に進む。敬が四人に追いつくと、後方の組が背後に迫った。つづく殿《しんがり》も二メートルに迫っている。

「残りもすぐに来ると思うので、これだけで先に行きます。皆さんは後についてきて下さい」

「本殿に行かなくていいのですか」

「別の場所に行くので、大丈夫です」

そこは奥にお地蔵さんが見える小さな空地で、端に家の間を抜ける細い道がある。そして三郎さんが交通整理で立っていた。皆は軽く会釈をして、四手を連ねた縄を潜る。そのまま奥に進むと、参道と平行する路地に出た。そこは人気《ひとけ》がなく遠くに神社の生垣が見える。側に近づくと、近所の人らしい老人や子供たちが集まって、参道の人波を見ていた。

「よし、あそこから入ろう」

左の生垣に隙間があり、奥に石垣の台形の上部がのぞいている。中に入ると、その下を左へ進む人の長い列があった。参拝を終えて、専用の出口に向かうのである。

「この場所見覚えがあります！」

すぐに洋子さんが声を上げ、石垣を見上げた。上に、周囲を眺める多くの人がいる。

「では、上も見ますか」

敬が頷くと、眉を寄せ、肩をすくめている。しかし急に腕を掴んだ。そして前に出ようとするので、敬は止めた。人の列が途切れないのである。しかしそこを無理やり出て来る二人連れがいた。中年の男女で、腕を高く振り、大きな声を上げた。

「まさみ！　まさみ！」

「あっ、両親です」

洋子さんは声を弾ませたが、腕を放そうとしない。いや、二人が前に立っても掴んだままなのだ。それで肘を軽く振ると、手を放した。

「この人たちは、何ですか！」

同じ帽子が背後を固めたので、両親は顔を強張らせた。

「大丈夫。皆さんが私を助けてくれたのです」

「では、どうして連絡しなかったのか。お母さんは毎月来たんだよ。清美《きよみ》と私は時々だが」

「清美は妹で、私が雅美《まさみ》ですね。じゃあ、名前を間違っていました。洋子は叔母の名前です」

父親は怪訝な顔をし、横で内装店の社長が言った。

「お嬢さんは記憶喪失だったのです。しかし何か思い出されたので、確認に来たのです」

「ここでお二人に出会うのは、まさに奇跡です。皆で来た甲斐がありました。すると娘さんの本名は何と言われるのですか」

別の声が聞こえ、父親は声を強めた。

「小池雅美……。洋子は私の妹です」

「そうでしたか。娘さんに会われて本当に良かったです」

「私も夢かと思いました。実は今回が最後と決めていたので、こんな嬉しいことはありません」

父親の笑顔に皆が大きく頷くと、横で涙を流していた母親が、洋子さん、いや、雅美さんと固く抱き合った。

「先程は失礼しました。少し興奮したものですから」

一方、父親は娘が世話になった礼を、一人一人に述べた。するとカメラマンが今後の予定を聞いた。

「娘は今日連れて帰りますが、その前にお世話になったところへ伺い、ご挨拶をしたいと思います」

「そこは歩くと三十分くらいですが、いま道が混んでいるからどうかな」

「それなら川原はどうですか」

敬は言った。橋を渡る時、散策する人々を見たのだ。皆も賛成し、ここでの解散を決めると、会社に同行する組と祭りを楽しむ組に分かれた。すると護衛は半減する。敬が苦笑したとき、

「では、額縁屋さんまで行きます」

雅美さんが携帯を閉じた。憲二さんが車で迎えに来るようなのだ。そして敬の事情を知っている四名が、家族を挟んで土手に向かい、川原に下りた。

踏み固めた道が下流に続いている。人の姿はまばらであるが、左右の土手と前方の橋に長い列がある。敬はその下を潜る時、緊張を強めた。しかし人波は前に進むことだけ考えているようで、何事もなく通過した。そして水中に並ぶ平らな石を伝い、右岸へ移った。そこは土手に屋台が続き、賑やかな声が響いている。川原も人が広がり、若いカップルや高校生の集団とすれ違った。

一行は、内装会社の社長の組を先頭に、敬、雅美さんと続く。それから両親を挟み、カメラマンの組が殿である。

「水がきれいで、周りの景色もいいですね」

雅美さんの父親が、後方から声を掛けた。

「春は花見で特に賑わうようです」

敬は振り返り、雅美さんの横に顔を出した。すると父親も首を伸ばして言った。

「それで迷子はもちろん失踪の娘が出るのではないですか」

困って雅美さんを見ると、顔を赤くし、目を伏せた。何かを思い出そうとしているようだが、視線を父親に戻すと、緊張した顔があった。

「噂があるのです。狙われるのは若い女性と。それで皆さん来て下さったのではないですか」

「あれは見物を兼ねたので、半分になりました。誘拐も多くが駆け落ちのようです」

敬は明るく言った。

「でも、油断大敵です」

雅美さんは視線を強めて頷くと、父親を振り返って言った。

「私は大勢の人に押されて気を失ったので、当時の様子を知りたいのです」

そして何か目配せをしたのだろう。父親が首を引くと、顔を戻して左岸に顎を振った。

「後ろの桜の木に隠れましたが、さっきから尾けて来る女性がいます。両親を振り返る時、目に入るのです。山本さんもそうして確認して下さい」

桜の並木は七、八メートルの間隔である。横の後方と判断したが、すぐには出来ない。土手を軽く見て、雅美さんに聞いた。

「どこで気付いたのですか」

「参道の橋の下流です。でも、その前からの気もします」

「いるのは一人ですね」

もうほぼ七メートル進んでいる。

「じゃあ、何かな……」

何事かと目を向ける父親に、敬は笑みを浮かべると、ちらりと土手に目を向けた。そして桜の幹に隠れる若い女性を見た。それは警察の帰りに尾けて来た女に似ている。急に緊張が高まったが、なぜ分かったのか不思議である。敬は少し考えて、帽子に気付いた。前後二組のどちらか一人と自身の三個が、並んで動いているのである。仲間の連携のためだが、逆に目立つのである。しかしいい方法が浮かばない。いや、額縁屋に着く前に何とかできないかと考えていると、雅美さんの声がした。

「女性が尾けて来ません。いえ、さっきから姿が見えません」

敬は、もう土手は見ずに振り返ると、笑って言った。

「皆が同じ帽子を被っているので、何かと思って付いて来たんでしょう。それより土手に上がりますよ」

前方に石段が見えるからで、少し進むと、先頭が足を向けた。敬は振り向いて父親に頷くと、対岸に注意しながら顔を戻した。しかしどこにも女の姿はなかった。

「もう帽子は取りますか」

土手から人通りの少ない道に入ると、皆は普通の姿に戻った。しかし先頭と殿は敬と雅美さんの家族を中にして、二メートルの間隔を保っている。

敬は時に横に出て後方を振り返ったが、女はもちろん怪しい人影はなかった。

「すみません。ちょっといいですか」

倉庫の部屋で、今井さんに報告していると、雅美さんが戸口で言った。

「両親は専務さんと話しているので抜けてきました」

そして今日の礼を口にして、頭を下げた。

敬は立ち上がって前の席を勧め、今井さんはコーヒーを淹れたカップを席に置いた。そして三人が互いに口に運ぶと、今井さんが言った。

「本当は雅美さんだそうですね。その方がぴったりの感じです。それで当時の状況は分かったのですか」

「それがはっきりしないのです」

雅美さんは首をすくめ、事故は家族四人が車で旅行中に起きたと前置きして話し始めた。

それは十九歳になる妹の誕生日を祝うもので、三日間の旅程である。初日は予約したが、その後は成り行きにしたので、その夜、ホテルのパンフレットを眺めた。そして両親の望んだ祭りを見ることにした。翌日、郊外の駐車場に車を置き、歩いて神社に入った。しかし参道の人波に困惑した雅美さんが、拝殿に向かう家族と別れた。待ち合わせの場所は庭木の間に石垣が高くのぞく旧鐘撞堂で、まずそこへ行った。しかしその後の記憶が全くないのである。ただ、両親は境内で将棋倒しがあり負傷者が出たと言う。それを知ったのは拝殿からの帰りで、石垣に行ったときは警察の現場検証を野次馬が取り巻いていた。しかし娘の姿は見えない。急いで病院を訪ねたが名前はなかった。その日はホテルに泊まり、翌日また神社に行った。しかし娘の消息は分からず、警察に捜索願を提出して街を離れたという。

「やはり将棋倒しに関係ありそうですね」

敬が口を挟むと、雅美さんは目をしばたたいた。

「でも、専務さんは手配の娘と結びつかなかったとはっきり言われました。その内容と私が違っていたからです」

それで今井さんを見ると、

「うちへ来たのはその一週間後だし、周知のとおり名前が違った。歳も二十三とあったが、三十前に見えた。体は痩せて動きも鈍い。服も何か月も着たように薄汚れていた。そして二か月近く寝込んでいたので、そんな若い娘と思わなかった」

そして口元を緩めた。

「若さを回復したのは半年後で、さらに若くなったのは山本さんが来てからだ」

敬が目を伏せると、雅美さんは顔を赤くして言った。

「私と似た境遇と思ったのと、役に立てるのが嬉しかったのです」

それはとても感謝している。だから今回協力したのだ。しかしまだ分からないことがある。

敬が話を促すと、小さく頷いて言った。

「結局、何も分からないので、両親に今日まで何をしていたか聞きました」

それによると二人は本祭りの三日間にすべてを懸けて、いつものホテルに泊まったという。

そして毎日九時に境内に入り、午後の七時まで石垣の周辺で過ごした。通る人に写真を見せて、見覚えはないか聞くのである。しかし今日が最後になり、まばらな参拝客や法被の数人が参道を掃除する様子を眺めていると、四人連れの女性が通り過ぎ、目を見張った。手前から二人目の後ろ姿が娘にそっくりなのだ。父親が慌てて声を掛けると、振り向いた顔は美しいが別人だった。それは臨時に雇われた巫女さんという。しかし初めてのことなので、なんとなく期するものを感じて石垣に移動した。やがて人が増え、石垣に上がって下方に目を配る。そしてどれだけ時間が経ったのか、外の家並みを見ていた母親が喜びの声を上げた。神社の方向を見張る父親も、娘を確認した。しかし階段は混んでいる。人を強く押して、慌てて謝った。一年前の事故を思い出したのだ。それで下降の流れに加わり、地面に着くとわずかな隙間があった。そこから列に入り強引に進むと、正面に娘が見えた。しかし片手を男に掴まれている。列を抜けて大きく叫ぶと、娘が顔を赤くした。思わず走り寄ったが、やはり背後の人たちが怖くて、焦ったという。

「父は誘拐犯が浮かんだそうです。それで失礼なことを言ったと悔やんでます。さっきも専務さんに謝っていました」

雅美さんが苦笑すると、今井さんは怪訝な表情で目を向けた。それで父親の一言を伝えると、深く頷いた。

「誘拐犯を考えるのは的外れではない。公式に発表されないが、毎月そういう例が数件あるからだ。しかし殆ど意気投合した駆け落ちで、その日か二、三日後に連絡がつく。ただ、年に二、三人、行方不明者が出る。それも原因が分からないので、誘拐が噂される。若くて美しい女性ばかりいなくなるからだ。しかし身代金の請求はないのです」

「それなら永久に見つからないのですか」

雅美さんは顔をしかめた。

「残念だがそうです。しかし例外があります。稀ですが、君のように親族が見つけます。あとは白骨か行き倒れの検査で判明するのです」

「毎月探しに来られたのが実ったんですね。それに雅美さんの判断も立派でした。やはり何でも行動することですね」

敬が声を弾ますと、今井さんは頷いた。

「今回は奇跡ではなく必然です。つまり互いの思いがそうさせたのです」

「それも皆さんのおかげです！」

雅美さんは頭を下げると、やや眉を寄せた。

「でも、記憶が繋がらないのが苦しいです」

するとと今井さんが言った。

「これは私の推測ですが、あなたは事故の一部始終を見た。そのショックで気を失い、誰かに連れ去られた。しかし数日後、隙を見て逃げ出した。それはあなたの衰弱した姿や、実際より年上に見られたことで説明できます。問題はその数日間ですが、思い出さなければそのままにしておくのも知恵と思います。そしてそうなる時間を待つのです。しかし会社の門の前に倒れていたのはやはり縁かな……」

「はい、気付いたのは、いま山本さんが使っている部屋です。そしてこの会社でよかったと思いました」

雅美さんはそれで無事に今日の日を迎えられたと涙を浮かべた。そしてまた頭を下げた時、電話が鳴った。専務さんで、社長さんが帰ったので昼食を兼ねた送別会をすると言う。時間は二十分後と聞き、雅美さんは手伝いに急いで戻った。すると今井さんが口を開いた。

「しかしあの数日は気になる。どこかにいたはずだが、彼女は処女のままです」

「どうして分かるのですか」

「その日、元看護師の専務が調べたのです。そしてうちで世話をすることにした。やはりどこかから逃げて来たように見えたからです」

「それで私に親切だったんだ……」

「本人も言っているが、似た境遇と思ったのでしょう。いえ、山本さんが来て安定した。だからあなたも役に立ったのです」

敬は唇を結んだ。空白の時間を、ふとお山と結びつけたのだ。しかし証拠はないし、それを言うと自身も困ることになる。それで黙って倉庫を出たが、土手の女は気になった。

食卓を囲むのは、午後も神社にいる三郎さんを除いた社員六名に、雅美さんの両親を加えた八名である。社長さんと専務さんが継ぎ足した机に座り、皆に向き合った。料理は握り寿司と鰻重の出前で、それぞれの好みによって分けられた。そしてノンアルコールのビールで乾杯した後、社長さんが簡単な挨拶をした。続いて両親と雅美さんがお礼の言葉を述べて、会食は始まった。

「本当に良かったです」

「おかげで今夜はぐっすり眠れます」

社長さんと父親が笑顔で頷き合っている。次席の母親と雅美さんも笑みを絶やさなかった。

やがて社長さんが雅美さんの子供時代を聞くと、

「何事も理解が早く、家の手伝いをよくする良い子でした。友達も多く、将来は通訳になると英語の勉強をしていました」

母親は雄弁になった。

「でも用心深く、男女関係も慎重でした。傷つくのは女だし、子供ができると将来はないと顔をしかめていました。だから誰かに誘拐されたと考えたのです」

「それでもいいのですが、何も分からないのが苦しいのです」

雅美さんは首を振った。真相を知りたい思いが顔に表れている。皆は真顔で頷くのである。

敬もそうしたが、用心深い性格と聞いて、ある考えが浮かんだ。

――雅美さんは窮地に陥って、叔母さんの名前を使ったのではないか……。

それなら何かを思い出すかもしれない。そしてまたお山が気になったが、心にとどめた。すると話題は他へ移り、敬が母親と今年の天候を話していると、会食は終わった。

そして憲二さんが両親を乗せて、郊外に置いた車を取りに行った。

社長さんは所用で出かけ、専務さんと今井さんは持ち場に戻った。敬は雅美さんと出前の器を洗うと、荷造りを手伝うため、部屋に入った。作業はもういる物といらない物を別にするだけである。その手を動かしながら雅美さんは言った。

「帰りに警察に寄るのは気が重いです。肝心なことは何も分からないから」

「いろいろ聞かれるでしょうが、あなたが潔白なのは自信を持っていいです」

「やはりそこへ行くのですね」

「ただ、確認するだけだから真実を言えばいいのです。それより男性が苦手のようですね」

それなのに面倒をかけて申し訳なかったと、敬は謝った。

「他人事と思えなかったし、変な目付きもされなかったから」

「事故でそれどころではなかったのです。いや、他のことを考えていたので」

「土手で見かけた女の人ですか」

雅美さんは目を向け、敬は軽く首をすくめた。

「あれは前の会社の知り合いと思ったが、結局、人違いでした」

「でも、後で何度か振り返っていましたね」

「知らない女が本当に後を尾けていると気味が悪いので……。しかし姿はありませんでした」

敬は真実は言えない。それも今日を入れてあと三日である。

「では、向こうから電話してもいいですか。まだ不安なのです」

「いつでもいいです。いや、用事がなくても声を聴かせて下さい」

敬の笑顔に、雅美さんは明るく笑った。結局、段ボール箱三個にいる物を詰め、春には食卓になる炬燵と小型の物品棚を敬の部屋に運んだ。それに借りたままのテレビがある。

それで餞別の封筒を差し出すと、雅美さんは首を振った。しかし額は少ないと押し付け、両親が帰ったのを潮に部屋を出た。そして皆で車に段ボール箱を運ぶと、一家は何度も頭を下げて帰っていった。


その日、敬は夕食を作った。献立はカレーライスと野菜サラダである。仕上げの味見を専務さんに頼んだ他は、一人で仕上げた。それは慣れた料理だし、会社の味付けも雅美さんに習っていたのだ。そして全員の給仕をして後片付けを済ますと、社長さんと専務さんが事務所に呼んだ。

「夕食はお疲れさま。おかげで助かりました」

専務さんが淹れたお茶を互いに口にした後、社長さんが敬の今後を聞いた。祭りはあと二日ある。それでその後に決めると告げた。もちろん何事も起きない方に賭けたのだ。

「良かった。じゃあ、賄いの女性は早急に探します」

二人は顔を赤らめると、雑談を少しして、敬は解放された。

部屋に戻って眉を寄せた。賄いの経験は全くないのである。ただ、ほぼ一か月、雅美さんの料理を口にしたので見当はつく。それで明日の朝食は、鯵の干物と味噌汁にした。問題は毎回違う昼と夜のメニューである。それもしばらく考えて二食分できた。そして食材の補充と人数の確認に移ったとき、大変なことに気付いた。街へ買い物に行かなければならないが、もう断れないのだ。

敬は唇を結んで頷いた。スーパーは自転車で五、六分の距離で、途中は密集した人家である。それなら道を選べばいい。いや、これも賭けと思って心を決めた。そして料理の手順やそれを盛る器を考えていると、いつか眠りに落ちていた。

「おはよう。昨日はごめんなさい。賄いの人が見つかり、今日来ることになったの」

翌朝、六時過ぎに台所に行くと、専務さんが笑って頷いた。

「それで少しきれいにしているの」

上下が繋がったエプロンをしてシンクを磨いている。

「それは何時ですか」

敬は内心喜び、配膳台にあるウエスと研磨剤のチューブを手にした。ガス台がまだ残っているのだ。

「十時前後よ。それで朝食はお願いするけど、昼は彼女に任せて。でも、二、三食材を買って来て欲しいの」

やはり難題である。敬が頷いてコンロを磨き始めると、専務さんは水切り台を拭きながら言った。

「彼女、実は私の遠い親戚なの」

そして調理師免許を持ち、絵本作家を志していると教え、六時半の新幹線に乗ると告げた。

「高校三年生のとき一度来たきりだけど、携帯があるから大丈夫でしょう」

「おいくつですか」

「二十八……。早く結婚して二年前に別れたの。当時から来たがっていたので、すぐにまとまった訳。目標はあなたと同じだから、仲良くして下さい」

それは問題ないが、買い物の大仕事が残っている。敬はあと二日と思い直し、次に鍋を磨いた。そして専務さんが事務所に引き上げたので、朝食の準備に入った。

「では、行ってきます」

事務所の専務さんに声を掛け、台所から出た。軒下に雅美さんが使っていた自転車がある。それを押して正門に達した。会社は本祭の後は一応営業していて、三郎さんと憲二さんは車で出かけた。社長さんは神社であるが、今井さんは倉庫を動くわけにはいかない。敬は覚悟して、道の左右を確かめた。今日は周囲の規制が解除され、道路に車が増えている。歩道は少ないが、まばらな人影がある左方に、ハンドルを向けた。

買い物は五点で、数量も紙に書いてある。そしてルートは二つ考えた。それは道路をいつ横切るかの違いである。しかし最初の信号が点滅を始めたので、急いで渡り、角の不動産屋の横に自転車を停めた。そこは規制区域内なので車は通らない。窓の案内図を見る振りをして後方に視線を向けると、信号は赤に変わっていて、後に続く人と自転車はなかった。

第一関門通過である。低く頷いて、ペダルを踏んだ。直線の路地の左右に格子窓の家が並んでいる。中に日用品や駄菓子を売る店があり、客らしい人影があった。そして古びた畳屋や呉服店を過ぎる。同時に通行する人や自転車を見るが、怪しい気配は感じない。しかし人目に長くつくのを避けて横の路地に入り、次で同じ方向に進んだ。そこは飲食店が並んでいる。時間が早いせいか営業中は少なく、歩行者もまばらだった。ここもどこかで見たような気がして懐かしさを覚えたが、喫茶店の窓に男の顔を認め、慌てて視線を逸らした。

そして次の路地に移り少し進むと、大きな建物が現れた。目的のスーパーで、前に広い駐車場がある。そこは車の行き交う道路に接し、出入りする車が見えた。

スーパーの出入り口は二か所あり、間に自転車置き場がある。そこに停めて入り、買い物籠を手にした。

手前はパン売り場で、弁当や乳製品のショーケースが奥に延びている。内側に商品棚が並び、レジの列があった。

まず外側の通路を歩き、おおよその配列を知る。そして別の出入り口に続く通路でキャベツと豆腐を籠に入れ、奥の壁に沿うショーケースで、牛肉とエビを得た。あとはワインで、レジの近くにある。しかしふと振り返ると、商品棚の陰に素早く隠れる男の顔が見えた。

一瞬、背中が強張ったが、慌てたその様子に、棚の間を急いだ。正体を確かめたくなったのだ。そこはレジの前の通路で、それらしい姿はない。それで先の出口から外をのぞいた。しかし普通に歩いている人を見るだけである。思い直して店内を探したが、無駄に終わり、白のワインを選んで、レジを済ませた。

そして注意して店を出ると、自転車置き場で周囲に目を凝らした。さらに帰りの路地を曲がるとき、急に止まって後方を見たし、来た時と違う道を曲がり、後を尾けて来る者がいないのを確かめた。

「ご苦労さま。街はどうでしたか」

勝手口を開けると、専務さんが上り口に立って頷いた。目に笑みが浮かんでいる。敬は買い物袋を上げて、明るく言った。

「面白かったです。ただ、少し時間が掛かりました」

「何かあったのですか」

「買い物は簡単に済んだのですが、帰りに本屋に寄ったものですから」

そこは自転車に乗ったまま店頭の週刊誌の表紙を眺めただけで、時間は一分程度である。しかし道を大回りしたことは言えないのだ。

専務さんは頷いて買い物袋をのぞいた。食材の他、伝票と釣銭の包みが入っている。

「ありがとう。ワインは彼女に頼まれたの」

ラベルを見て笑みを浮かべると、本人が着くまで今井さんを手伝うように言う。

――しかし戸口に立っていたのは妙だな……。

敬は倉庫に向かう廊下で、顔を赤くした。自身の動きは、携帯の位置情報で追えるのだ。それは万一を考えてのことだろうが、たぶん心配していたのだろう。いや、それが事実かどうかは分からない。緊張して顔を出すと、今井さんが笑って言った。

「買い物は無事に済んだようですね」

「どうして分かるのですか」

「うちには優秀な情報員がいますから」

「携帯の位置情報ですか」

「それもあるが、あの二人が自転車に乗った山本さんを、行きと帰りに見たのです」

「全く気付きませんでした。十分注意したのですが」

「二人はああいうことのプロです。しかし帰りは見失ったようです」

今井さんは軽く笑い、二人はそのために会社を早く出たと明かした。敬の護衛が目的で、今井さんも事務所から携帯の位置を教えたと言う。

「では、専務さんもそうですね。何も言わないので緊張して行ったのです」

敬が顔をしかめると、今井さんは頷いた。

「しかし憲二君を見つけそうになった。彼はうまくかわしたようですが」

「あの若い男ですか！　誰か分かりませんでした」

「変装も上手なのです。ただ、紙一重だったそうです」

今井さんは横の椅子に敬を座らせると、コーヒーを淹れたカップを机に置いて、真実を話した。

その時、憲二さんは眼鏡を外したがすぐには動かず、耳を澄ましたという。そして足音が商品棚の間にしたので、反対側を奥へ進んだ。それから通路を逆に進んで出口に向かうと、敬が向こう側の出口に急ぐのが見えた。それで人に紛れて様子を見ていると、店内に戻り商品棚の陰に消えたので、素早く外へ出たという。

「あれは憲二君の失敗です。緊急事態でない限り姿を見せない決まりを破ったからです。それであなたは警戒を強めた。本当は何も危険はなかったのに」

「どうしてそれが分かるのです」

「二人はあなたの周囲も監視していたのです。しかし帰りは失敗しました」

今井さんは苦笑した。

「だから憲二君のことも黙っていればいいのですが、それではあなたに不安が残ります。それでお話しした訳です」

「それは感謝します。では、怪しい者はいなかったのですね」

「あなたを見失った後は分かりませんが、たぶん大丈夫でしょう。護衛がいると知って出てこなかったことも考えられるので」

「その後も気になることはありませんでした」

「それならあなたは合格です。うちは前にも社長が言ったが、裏仕事でこういうことをやっているのです。今回、あなたの適性が分かって有意義でした」

それなら買い物は試しに出された感がある。いや、これまで協力して貰ったのも、その一連の気がした。ただ、不快な思いはないので、今日見た古い家並みを話題にしていると、インターホンで、新しい仲間の到着を知らされた。

「こちらは花井綾さんです。今日から食堂を担当して貰います」

事務所で、小柄な美人を紹介された。色白の肌に理知的な瞳が明るく輝いている。そして自身の名前と準社員の身分を紹介され、敬は頭を軽く下げた。

「来てすぐで申し訳ないですが、綾さんを入れて四人分の昼食をお願いします」

専務さんが言った。

「最初なので、山本さんは道具の場所など教えてあげて下さい」

それはすぐに済んだが、食材や調味料もあるし、食事の仕方や他の社員のこと等聞かれたので、側を離れることはできなかった。しかしその動きは迅速で無駄がなく、次々に料理の下処理が済んだ。

献立は牛丼とポテトサラダに大根と油揚げの味噌汁である。

「山本さんも何かやられますか」

綾さんが玉ねぎを切りながら言った。既にジャガイモは鍋で煮られているし、味噌汁も火にかける準備ができている。だからもう邪魔になるだけなので、時計に目をやり、倉庫に用事があると首を振った。

「では、十二時にお待ちしています」

明るい声を後に倉庫に戻ると、今井さんが綾さんの印象を聞いた。

「小柄で可愛いですが、芯はしっかりしているし、料理は早くて上手です」

さらに頭もいいと追加し、雅美さんとは違うカラーで会社の戦力になることを告げた。

「絵本作家のタマゴなので、気が合うのではないですか」

今井さんも専務さんと同じことを言う。敬が苦笑して頭を掻くと、真面目な顔で言った。

「彼女は今日から社員ですが、あなたも手続きをしますか」

「それは明後日まで待って下さい。その前にある約束をしたものですから」

敬はなお、お山の関係者を気にしている。そして今度は本当に一人で動くとどうなるか、試してみたいのだ。それには相応の理由がいる。すると今井さんが相手は女性かと聞くので低く頷いた。もちろん何の約束もないが、前回の祭りのとき、レストランに道案内をして貰った縁と伝えて、話し始めた。

「彼女は自宅で習字の塾を開いていて、将来は書家になる夢を持っていますが、独り暮らしの叔母が病気になったので手伝いに来ていたのです。こちらでも書いているとのことなので、作品を観たくなりました。しかし彼女に用事があり、翌日レストランで会う約束をして別れたのです。私はそれから山に入り、道に迷いました。そしてあの事故に遭い、皆忘れていたのです」

敬は声を強めた。

「しかし数日前、彼女の書が出ている展覧会の夢を見たのです」

「それは気になるでしょうが、まだいるかな？　もうすぐ一か月になりますが」

今井さんは眉を寄せ、敬は頷いた。

「叔母さんの家の場所をおおよそ聞いているので、無駄になっても構いません。けじめが付くからです。これからは何事も中途半端にしたくないのです」

「それなら仕方ないが、気を付けて下さいよ」

しかし予定は狂った。昼食後、専務さんに頼まれて綾さんの用事をしたからである。専務さんの車で市役所に行き、諸手続きをした。そして郵便局と警察署に行く。それから隣の街に出て、おおよその地理を教えた。もちろん北に続く山が基準で、そこから左右に流れる川の土手も、下流の一部を走った。最後は買い物である。綾さんの歓迎用なので、食材の他スイーツと果物を多く買い、スーパーを出た。

「今日は大変お世話になりました。おかげで早く済みました」

再び車を走らせると、綾さんが礼を言って、顔を向けた。

「祭りはあと一日のようですが、まだ人の動きがありますね」

「私もあのエネルギーには感心します」

「ここの売りは縁結びですね。私は諦めていますが」

「いや、縁は無限にあります。要は誰と出会うかでしょう」

敬が頷くと、綾さんは顔を振った。

「最近その機会が少なくなっていますが、そういう意識が大事なのですね」

車は広い道を進み、会社に通じる交差点を曲がった。すると綾さんが遠慮がちに言った。

「犯人はまだ捕まらないそうですね」

「ああ、聞かれましたか。今日も一応警戒したのですが、心配ないようです」

「すみません。自分の用ばかり考えていたものですから。でも、気を付けて下さい。実は私も祭りで嫌な経験をしたことがあるのです」

それは高校三年生の夏で、専務さん夫婦が今の仕事を始めて間もない頃という。初日は三人で参道を歩いたが、翌日、会社に急な仕事が入り、一人で半日過ごすことになった。また神社に行くと、境内で若者にからまれ、年配の男性に助けられた。それは罠で、連れていかれたところで危ない目にあった。それは逃れたが、急用ができたことにして翌朝家に帰り、ここは昨日まで一度も来た事はないと、深いため息をついた。

「当時は恐怖が勝ったのです。でも、長い時間をかけて男性アレルギーを克服しました。それにここは大都市に近いので、もっと勉強できると思ったのです」

「この会社は、そんな人を歓迎するようですよ」

「でも、いまのは内緒にして下さい。あのとき騙したと思われたくないので……」

「大丈夫です。私はしばらくいなくなりますが、これからもよろしくお願いします」

綾さんは明るく頷き、視線を前方に向けた。そして空を軽く見ると、今晩の献立を話し始めた。メインは肉料理で、乾杯は土産に持参の日本酒と言う。敬は白ワインの使い方を聞いたりして、会社に着いた。

「ご馳走さま。今日は少し遠出をします。自宅に帰るルートも確認したいので」

翌日、朝食を終えて声を上げると、向かいの綾さんが言った。

「昼は抜いても、夕食には帰るでしょう？」

頷いて立ち上がると、上席の専務さんが真面目な顔で言った。

「連絡は一時間ごとにして下さい。それと目的を達したら、早めに帰って下さい。今日は今井さんしか応援できないので」

それは昨日の夕食後に決めたことで、今井さんは移動の位置を確認してくれるのだ。しかし社長さんと三郎さんは十時から神社で、憲二さんは仕事である。お客さんに頼まれた額縁の修理が終わったので、引き取って納品するという。それから綾さんを中心に会話が盛り上がり、酒も進んだのである。それで社長さんを含む男性は姿を見せないが、その方が気楽だった。しかし自室に向かいかけた時、事務所の引き戸が開き、社長さんが顔を出した。

「あっ、おはようございます」

「おお、もう行くか」

社長さんは大きく頷き、やはり用事が済んだら早く帰れと言う。

敬は深く頷いて、自室に戻った。そしてスーツにネクタイを締めると、伸びた頭髪が気になり、床屋を考えて会社を出た。時刻は八時五分であるが、自転車や人の姿はまばらで、中心街に向かう車が列を作っていた。

敬は最初の横断歩道を渡った。二日前神社から雅美さんたちと帰った道に、床屋があったのだ。しかし看板に九時からとあり、横の路地を山手に向かった。やがて四手を下げた縄が軒下に続き、地元の人らしい姿がちらほら見える。そしてお山の麓を流れる川に達した。土手を進むと、遠くに参道の橋が見え、とびとびに連なる人影があった。

——やっと今日を迎えたが、ここを乗り切らなければ、先の展望はない……。

敬は最後が一番危ないと考えて、唇を固く結んだ。そして周囲を注意しながら歩いて行くと、ポケットの携帯が震えた。

「おはよう。いま左の川の土手の上かな」

今井さんである。挨拶を返して場所を復唱すると、感度良好の声がした。そして連絡の手順の確認と、用が済むと早く帰るよう念を押された。

「はい、よろしくお願いします」

電話を切り、軽い吐息をついた。南から見て右手にあっても左の川と呼ぶのがそうであるが、今日は場所を正確に伝える必要を感じたのだ。

敬は新たに買った手帳型のノートとボールペンを手にすると、吟行のふりをして川原を見た。それは両岸に長く続き、あちこちに人の姿がある。周囲に注意は怠らないが、足を止めて桜の枝を見上げたり、後方を振り返ったりする。営業の準備をする屋台の若者に出会い、軽く挨拶をして通り過ぎた。

そして再び川原を眺めて、目を見張った。水中にある飛び石の前で、細身の女が足踏みをしている。その姿に警察から尾けて来た女を想像したのだ。しかしこちらを見て通り過ぎる人がいたので、歩みを進めた。そして次の幹で目をやると、女は飛び石を進み、最後は向こう岸へ跳んだ。するとそこに若者がいて、何か言葉を交わすと、上流へ歩き出した。

敬は苦笑して、先を急いだ。そして細身の女を続けて見つけたが、もう緊張して目を凝らすことはなかった。それに先程のカップルも姿を見失ったのである。

やがて上流の橋に入った。対岸に参道が延びている。左右の店は開店の準備中で、朱塗りの拝殿が遠くに見えた。しかし下流へしばらく進むと、道の端に川原に下りる石段があった。下は砂地がやや高く広がり、なだらかな道が下流へ延びている。そこは近道になるので石段を下りた。そして昨日と同じ道に合流した。まだ人の姿は少ないが、今回は距離を取り、すれ違う時は自ら横に離れた。そして前方の若い女性の集団を目にして、足を緩めた。先は飛び石を挟んだ両岸で、数はどちらも二十人前後である。こちら側の二人が手を上げて何か叫び、向こうが動き出した。

「記念写真はお山をバックにした方がいいから、こっちがベストよ」

「でも、十人いなくなった。最初からそのつもりだったのね」

その端に近づくと、潜めた声が聞こえた。

「早いからいいとは限らない。昨日は休養日だったからゆっくり休めたし、祭りも見学できた。もうどこへでも行けるわ」

「それはどこ?」

アメリカの西海岸の都市を耳にして先に進むと、顔を寄せあう三人がいた。

「人生で最も大事なことをすぐには決められない。それに競争は苦手なの」

「それで両方断ったのね。それなら縁遠くなるわよ」

「妥協はしないの。縁は必ずあると信じているから」

「じゃあ、来月も来ましょうよ。私たち次の優先権があるの。有効期間は半年だけど」

それは不首尾の組らしいが、容姿は周りと遜色ない。それでまとまらないのは主義や好みが強いのだろう。しかし何の集団かよく分からない。いや、祭りの関連だろうが、十人いなくなったとか、どこへでも行けるが興味を引くのである。しかし黙って通り過ぎると、飛び石の前に出た。まだ四人が渡るところで、後ろにカメラマンと踏み台を持った助手がいて、さらに二人の女子高生がいる。それを先に通して飛び石を進んだ。近くで見物する気はないのである。

「そこで横三列になって下さい。前列はしゃがんで、中は中腰で願います」

対岸で振り返ると、踏み台に乗ったカメラマンが腕を横に振っている。

既に揃った人垣が指示通り動いて、横長の形を作った。各自の装いは違うが、若くて美しい顔が朝日に輝いている。

「では、撮ります。ここを見て!」

カメラマンの声に、集団はさらに輝いた。するとシャッターの音や感嘆の声が響いた。いつの間にか大勢の人が取り巻いている。左右の土手は人垣で埋まっていた。

——これはまずい……。

敬は人に見られるのを恐れて、下流へ抜けた。すると二枚目を撮るカメラマンの声がして、また喚声が上がった。足を速めて前の石段から人の少ない土手道に上がり、川原を見渡した。撮影はなお続いているが、下流や行く手は人気がない。ただ、後方を注意して、床屋へ急いだ。

五、第４の鍵

「四丁目一番地の森理髪店の前です。少し早いですが、店に入るとできないので掛けました。……はい、九時開店なので参道の橋まで行って戻りましたが、異常なしです。ここが済んだら、心当たりを探しに行きます」

今井さんは位置の一致を告げると、なお注意を促した。

「いらっしゃい！」

ガラス張りのドアを開けると、男女の明るい声がして、手前の椅子を示された。

三十前後の男性が上半身からエプロンをつけると、やや年上の女性が鏡に現れ、どんな形がいいかと笑顔で言った。

これと同じでと頷くと、後ろの首回りをバリカンで刈り上げ、ハサミを使う。それから背後を手鏡で写した。それは一か月前の形と変わらない。笑みを浮かべると、上部を指で揃い端を切っていく。そして目を合わして言った。

「お客さんは最近引っ越してこられたのですか」

「いずれそうなるが、いまは知り合いのところで居候中です」

「祭りは見られたですか」

「ええ、人出がすごいですね」

敬は軽く応じた。ここでの会話は上辺でいいのだ。しかしまた目を向けられた。

「そのとき女性に声を掛けられませんでしたか。本祭の三日間ですが、拝殿の周囲は特に多いのです」

「いえ。それは初日だし、混んでいたので入口で引き返したから」

「でも、昨日、きれいな人とこの前を通られませんでしたか」

「あれは会社の者で、辞めて故郷へ帰りました」

すると女性は小さく頷いて仕事に専念した。そして男性に洗髪と髭剃りを任すと、再び背後に立って言った。

「先程はすみません。気になることがあってお尋ねしたのですが、その方がいなくなったと伺い安心しました」

女性は職業柄、人相を観ると告げて、声を落とした。

「男性とトラブルになるタイプだからです。初めは良くてもいずれそうなります。それを男性に当てはめると、女難の相があると言うのです」

「女難は女性にもてることかと思っていましたが……」

「その女性がことごとくいけないのです。だから失礼ですが申し上げたのです。それを好む男性もいなくはないですが」

「私は大丈夫です。それは出てませんか」

口元を緩めると、女性は目を見開いて言った。

「覇気《はき》があるのは分かります。でも、相は並行してあるのです。あ、いまこちらを見て通った娘さんがそうかな。実はさっきから二度目です」

女性は上体を曲げて左方を眺めた。そこは入口のドアで、横目を向ければガラスを通して道が見える。しかし人の姿はなく、敬は視線を戻した。

「今の人、見覚えありませんか」

黙って首を振った。娘を見れなかった不満もあるが、女性のペースに乗るのを避けたのだ。するとと真剣な目で何か言おうとしたとき、ドアが開いた。

「いらっしゃい！」

また同時に二人が声を上げ、初老の男性が奥の椅子に導かれた。近所の人らしく祭りの経過が話題になる。女性もそつなく応じてドライヤーを扱い、頭が終了した。

「毎度ありがとうございます」

それからは丁寧であるが事務的に作業が進み、店を送り出された。

——女難の相か、面白い……。

敬は道を歩き出して、首をすくめた。高校の同級生との失恋以来、自ら交際を求めたことはない。いや、縁ができても深く進展させなかった。しかしアパートを借りて、初体験をしたのである。絵を描く女性が一晩泊まったのだ。きっかけは受付で唯一褒めた絵が本人の作品だったので、喫茶店で話した。そして後日、レストランで会ったとき、自身の絵も見せることになったのだ。しかしもうやめていたので、六点の風景と一点の自画像しか残っていない。それも15号が最大で、後は8号がキャンバスのまま長押に並べてある。彼女はそれと二冊のスケッチブックを見て、絵を続けることを勧めた。しかし文学への関心を告げると、何か書いたのかと聞いた。

「完成したのはまだない。ただ、現状を変えるために苦しんでいる若者が主人公だ」

敬が首を振ると、最良の解決策は、環境を変えることと強調した。だからアパートを借りたので、話が弾み、夜は近くの繁華街で飲食店の梯子をした。それで彼女の電車がなくなり、部屋に戻った。一つある布団を彼女に与えて、ソファーに横になると、突然上から押さえられた。彼女は三つ上のバツ一で、今後は絵に専念すると言う。それで気が緩み、欲望に負けたのである。

次の土曜日、彼女のマンションに行った。台所と寝室の他は一室がアトリエで、大小のキャンバスや絵具等、絵に関するもので溢れていた。絵は壁に並んだ人物の群像シリーズを見ただけで、出前の寿司を食べた。それから寝室で過ごし、翌日の午後辞したのである。

その十日後、彼女は半年の予定でイタリアへ出発した。絵の勉強のためという。敬はその行動力に圧倒されると共に焦りを覚えた。それが『花婿レース』参加の遠因になったのである。

そして床屋の前を通った娘が気になったが、今井さんに散髪の終了を告げた。さらに人がまばらに歩いている道を進むと、左端を同じ速度で歩く若い女性に気付いた。

白いマスクで顔を隠しているが、細身の体は見覚えがある。いや、前髪との間にのぞく切れ長の目に驚きが増した。思わず後ろを振り返り、後続を確かめた。人の姿は歩き始めた時と変わらない。ただ、一歩先でやはり振り返った女性と目が合った。

「温子か?」

自然に声が出た。

「はい」

その声は震え、大きく見開いた瞳に涙が浮かんでいる。すぐに走り寄り、目を潤ませたまま顔を向けた。

「どうしてここにいるんだ!」

瞳を見返すと、温子は目をしばたたいた。

「あの一週間後、別の任務を得てお山を下りたの。あなたが行方不明だから」

それからほぼ三週間になるのである。いま何をしているか気になり、優しく言った。

「じゃあ、歩きながら話そう」

そしてなお後方を確認すると、彼女は首を振った。

「もうその必要はありません。本部は昨日で交代し、警備は解散しました。私も自由になったのです」

そして敬に協力したことで佳子の任を解かれ反省室に入れられたが、敬の行方が分からないため調査隊の一員に加えられ、お山を下りたと言う。顔を知っているからで、それから一日中外回りをしたが、手掛かりがない上に、何の噂も出ないので困ったと苦笑する。

「それで小銭入れを使ったのか」

「あれは隊長の案です。でも、祭りが始まったので、メンバーは隊長を入れて三名に減らされました。あなたを探さなくても秘密は漏れないと判断したからです」

「それまでは私を消すつもりだったのか」

「いえ、お山はマムシの谷に入れますが、ここでは治療の部屋になります。見た記憶をなくすのです。それなら生き残るチャンスがあります。それで私も協力したのです」

「記憶をなくすってできるの？」

敬は自身の小さい経験と雅美さんを思い出して、目を見開いた。

「薬でしょうが詳しいことは分かりません。でも、それも必要ないと思われていました。さっきも言いましたが情報が全く出て来なかったからです」

「私は今でもお山の事は誰にも言ってない。それは君から洪水の話を聞いたからだ。それを乗り切ればなんとかなる気がしたからね」

「はい。洪水はまだですが、もう皆、その準備に入ってます。私も今日あなたに会えたので、希望が生まれました」

「私も嬉しいよ。それで聞くが、佳子さんはどうなったの」

「祭神の役目を果たして二人で旅立ったそうです。どこかは聞いてませんが」

「そうか……。ところで昨日、後を尾けたのは君だろう?」

「たこ焼き屋のアルバイトをしていたのですが、休み時間に、川原を歩いている一行が目に入ったのです。でも、店があるので途中でやめました。実は小銭入れの件であなたの会社が分かったので、方向を確かめたのです」

「へえ、怖いね」

「私も身の振り方を考えなければいけません。たこ焼き屋は昨日辞めたし、神社に間借りしている部屋も早急に出ないといけないのです」

「では、その河川敷で話そうか。そこは人が少ないだろうから」

左の川が近づき、橋の下流の土手に石段がある。敬が頷くと、温子は明るい笑みを浮かべた。そしてマスクを外し、色白の美しい顔を現した。


「しかし殆どカップルだね」

「皆、二人の世界に入っているので、気にすることはありません」

あちこちに寄り添う姿を見て、温子も肩を寄せた。草地の道は狭いので、並んで歩くとそうなるのだ。

「さっき私を探すためにお山を下りたと言ったが、他に条件はなかったの」

敬が顔を向けると、温子は頬を赤くして首を振った。しかしつこく聞くと、口を開いた。

「お山の本質は縁結びです。だからあなたを見つけてそうなることを望んだのです。そうしなければ洪水に流されるのです」

「洪水か。しかしいま側にいるから心配ないよ」

「会うだけではだめです。それにもう時間がありません」

「さっき本部は解散したと言ったね。では、誰がその判定をするの」

「それより洪水は二日後です。それは自然のもので、起きると誰も止められません」

「次はこの川か、それなら近寄らなければいい。私は一度自分のアパートに帰るから、良かったら連れていくよ」

「それは有難いですが、お山の者は洪水を免れないのです。だから街を出られません」

「じゃあ、私に会ったら、どうするつもりだったの」

「運命に委ねるつもりです。だからもうどうなっても構いません」

「そうはさせない。いや、お山の意向に合わすよ」

敬はその手を握り、温子は瞳を輝かせた。

「しかしその証明はどうするの。本部は交代したようだが」

「登録が残っているのです。だからどこに逃げてもダメですが、私の体が変化すれば洪水は免れます」

「……」

「私と本部は電波のようなもので繋がっているのですぐ分かるのです。まだその経験はありませんから」

「要は君と仲良くなればいいんだね。じゃあ、食事をしながら考えるか。いい店を知っているんだ」

敬は温子を促して、踵《きびす》を返した。そして唇を噛んだ。いつの間にか思わぬ方向に進んでいくのだ。しかし彼女の命に係わることだし、お山で助けて貰った恩返しもある。ただ、本部は代替わりするだけで、永遠に続くのだ。敬がふと恐怖を覚えた時、温子が明るく言った。

「私、小父さんより売り上げが多いの」

「ああ、たこ焼きか」

「あなたに人間の本質を教えて貰ったので、知らない人でも対応できました。それにこの世界は面白いし、努力すれば道が開けることもよく分かりました」

「へえ、大人になったね」

「それはまだですが、将来は何かの店を持ちたいです」

「君ならできる。ところでさっきの洪水だけど、一般の人も巻き込まれるの」

「それは見物していて魔がさした人で、それ以外はありません。聞いた話ですが、私たちはいつの間にか水の来る場所にいて流されるのです。だから苦しいのは一瞬だそうです」

「それは理不尽だな」

「そう思うのは別の世界を知った者で、仲間にはいません。流されないのは祭神と相手を競った若者です」

「詳しいね」

「隊長さんが知らない人と話しているのが耳に入ったのです。洪水は新陳代謝らしいです」

「それは分からないでもないが、自然は厳しいね」

敬は首を振って、はっとした。無断で予定の神社と反対の方向へ進んでいたのだ。それで先程の橋に上がると、石柱の文字を読み、携帯を掛けた。

「すみません。知り合いに会って進路を変えました。いま『左四番』の橋の袂で、異常ありません」

「例の彼女か」

「いえ、元屋台の娘で、相談があると言うので少し話したのです」

敬は心配そうに見ている温子に軽く頷くと、明るく言った。

「それで住まいを探す手伝いをすることにしました。一人用ですが、心当たりがあれば教えて下さい」

「歳はいくつなの」

「二十二、三です。美人ですが身寄りはないそうです」

「分かった。しかし行動には気を付けろよ。それと連絡は忘れないこと」

今井さんは何か不審を感じたようである。祭りには特異な商売があるからで、女性は要注意なのだ。しかし真実はいずれ分かると考えて携帯を収めた。

「いまのは会社。携帯はこちらで買ったんだ」

笑ってポケットを押さえると、温子は会社に強い興味を示した。

「絵画を専門に扱う古物商かな」

「こぶつしょう?」

「人の品物を買い取って商売にするんだ。代表が骨董屋だ。絵もそうだが、偽物も多いから、経験を積まなければ一人前になれない仕事だよ」

「初めて聞きました。面白そうですね」

温子はポケットから半分に折った封筒を取り出した。中にたこ焼き屋の小父さんから貰った、昔の一円銀貨があると言う。それを取り出そうとしたとき、後方でサイレンが鳴った。屋根に回転灯を付けた黒い車が、勢いよく走って来る。中央側の敬は彼女を押して桜の幹に隠れた。しかし車が迫った時、温子が体一つ道に出た。

「危ない!」

慌てて引き戻すと、幹すれすれに車は通過した。運転席にいたのは、若い男である。すると温子が首を曲げて言った。

「あの車知ってます。サイレンは偽装です」

「しかし君はなぜ道に寄ったのか」

「不思議な力に押されたのです。私も変だと思ったのですが、おかげで助かりました」

「あれは君を狙っていた。心当たりはあるの」

車はサイレンを消して次の橋を渡ろうとしている。敬は後方に車がないのを確かめて温子の体を押した。そして再び肩を並べて歩き出すと、彼女は深いため息をついた。

「私も仲間と同じように長生きできないかもしれない……」

そして男は店の常連客で何度か交際を求めてきたが、本当はお山の関係者と分かった。だから緊急車両の振りをして事故を起こせば、悪いのは私にできると言うのである。

「しかしそうならなかった。いや、私が君を守るよ」

敬は強く頷くと、その手を取って、土手を下りた。上流のレストランには回り道になるが、車を禁じた区域を通ることにしたのだ。そして畑の道に入ると、温子は先程の封筒を取り出して、中身を片手に出した。

「あ、竹炭のブローチもあるじゃない」

旧一円銀貨の上に重なったのは、敬がお山でお礼に渡したものである。それは二千円なので銀貨とは比べ物にならないが、大事にしていたのが分かり、好感を覚えた。

「これはあなたに会えたらつけようと思っていました。もちろんお山の条件を果たした後ですが……」

温子は顔を赤らめ、敬は口元を緩めた。そして銀貨と共に手に受けると、両者をじっくり見て言った。

「どちらも君の宝物だね。業者に売れるのは銀貨だけど」

「それも売りません。私がこの世界でやっていけると思えた記念の品物ですから」

温子はたこ焼きの売り上げに貢献したお礼に貰ったと告げて受け取り、封筒に収めた。

道は前方の家並みに続いている。しかし周囲はなお広い畑なので、敬は言った。

「ところで本部の正式の入口や人数は分かるの」

「それは知らない方がいいです。知ると洪水に巻き込まれるからです」

「では、さっき川原で写真を撮っていた女性たちは？」

「臨時の巫女さんで、祭りの宣伝です。役得がありますがそれは秘密なので、ああいう形にします。でも、人々はそれで祭りの終わりを知るのです」

「しかし秘密が多いので困るな」

「私たちは互いの交流がないので、全体を知るのは無理です。それが分かったのは佳子が祭神の訓練を始めた時です」

温子は苦笑して言った。

「でも、あなたに別の世界を教わったので、希望を持ちました。だから今まで頑張れたのです。

もちろん佳子もそうです。私と別れる時、あなたに会いたがっていました。でも、やはり頑張っていると思います」

「それなら一応我慢するか」

やがて家並みが近づくと、温子は白いマスクをして狭い石段を上った。

「顔を見られたくないのです。それで前を歩きますが、方向が違えば教えて下さい」

路地の先は広い道である。上流に曲がると、敬は角の豆腐店に目を凝らした。いや、風景に見覚えがある。さらに後方を眺めて、ほぼ一か月前に通った道と気付いた。つまり今日の目的の一つの帰路を確認したのだ。

「そうですか。私は街境から戻ったので、その先に行くのが楽しみです」

立ち止まって振り向いた温子が、瞳を輝かせた。

「しかしここも油断するなよ」

二人は前後二歩の間隔で道の端を歩き、温子が時々振り返った。敬の背後に怪しい人影はないか心配したのである。そしてコンビニの駐車場の角で、敬は携帯を操作した。

「大丈夫、位置は合ってる。ところでまだアパートは見つからないか」

敬が異常なしを告げてコンビニの店名を伝えると、今井さんはやや声を高めた。

「専務に心当たりがあるらしく、会社に連れてきたらと言うんだが、どうかな」

「それは有難いですが、私の用事もあるので、午後三時頃でいいですか」

「いいが、これからどこへ行くの？」

「例の住宅地を探しますが、昼は堰の側のレストランにします」

「あそこはいいよ。ところで彼女の写真を送れないか。美人というので期待してるんだ」

「聞いてみます。ただ、先で安全を確保してからですが」

「ああ、いろんな音が聞こえるよ。まあ、できたらでいいから、十分注意してくれ」

敬が周囲を見ながら携帯を収めると、温子が顔を寄せた。

「怪しい人はいません。でも、早く行きましょう」

それで前と同じ態勢で進むと、交差点に出た。車は横を走っているが、前方は歩行者天国である。信号が変わって中に入ると、温子は言った。

「さっき耳にしましたが、近道があるので、そこからレストランに行きましょうか」

敬は笑って首をすくめた。そして横の住宅地に入ると、写真送付の依頼を伝えた。

「たぶん私を心配してのことと思うが、嫌ならいいよ」

「私もそう思いますが、受けて立ちます。写真を撮ったことはないので」

「じゃあ、送るかどうかは別にして、いいところで撮ってあげるよ。あっ……」

敬は表情を引き締めると、温子を横に押して前に出た。自転車の男がスピードを上げて近づくのを見たのだ。しかし目を軽く向けただけで、二メートル横を通り過ぎた。

「少し考えすぎか」

見送って顔を見合わすと、温子は言った。

「それでマスクをしたのですが、私の体はかなり変わりました。それはお山に伝わるので、妨害は起きません。だからあまり心配しないで下さい」

「ここは知り合いの家を探す目的で入ったが、もう一度回って、賑やかなところへ出るか」

敬は体の変化は分からないが、温子に続いて歩き、表通りに出た。そして車道にある出店を数軒見ると、温子が言った。

「レストランまで、近道を試してみますか。たぶん何も起きないと思いますが」

「君はそうかもしれないが、私は用心するよ」

敬が苦笑すると、温子は再び前を歩き、脇道に入った。そして長い路地を二度曲がると、小高い丘の麓に出た。草の間に細い道がのぞいている。そこをジグザグに上り、ススキの茂みの間から、平らな石畳に上がった。

「ここに出るのか。やはり早いな」

それは丘の尾根を上る石段で、北に連なる山と足元の川との間に、東（左）の神社と密集した家並みが見える。下方に人影は多いが、上下の石段には誰もいない。それで携帯で温子を撮った。笑みを浮かべた上半身と、上方の石段を背景にした全身像である。

「どちらもいいが、送るのはどうする？」

それは警察署の入口の写真とは別人である。温子は笑って頷くだけなので、上半身の一枚をコメントなしで送った。しかしなお人が来ないので、二人は顔を見合わせた。

「しかし上まで行ってみるか」

今度は敬が先に立って上ると、頂上に人影が現れた。黒いスーツに身を固めた男三人である。横に並んで目を向けるが殺意は感じない。温子も腰を押すのでさらに上がった。

「午前中貸し切りの看板は、見られませんでしたか」

「あ、それでですか。裏の道から来たので、見ませんでした」

「あそこは利用が少ないようなので手を抜きました。では、五、六分待って貰えますか、いま出発するので」

中央の男性が一歩下がり、遠い洋館が見えた。玄関の両側に人が並んでいる。目を凝らした時、白いスーツとドレス姿の男女が出て来た。しかし男性が何か言って腕を振ると、二人はまた玄関に消えた。

「よし、移動だ」

中央の声に、左右の男は石段を下り始めた。そして本人が頭を下げて言った。

「すみません。もう行っていいです」

しかし石段を下りるのを見届けて館を向くと、人々は玄関に数人見えるだけだった。

「皆、中に入りました」

営業が確認できたので、温子は笑って言った。敬は大勢の人が気になったが、玄関に急ぐと、中に制服姿の若い女性がいた。すぐに笑みを浮かべて外に出て来る。そして食事か宿泊か聞くのである。

「両方です」

すかさず温子が言うと、彼女は中に導き、手で何か合図をした。するとカウンターの女性が拍手で迎えた。そして一泊無料の宿泊券が当たったと言う。

「それはどういうことですか」

素直に喜ぶ温子を制して敬は言った。するといま帰った資産家がここに宿泊して子宝が出来た。その祝いに贈られたもので、最初に訪れるカップルが対象になると教えた。

「もちろん近いうちに結婚か婚約をされる方が条件です」

「私たちは後者です」

敬は即座に言った。まだ話はしていないが、短い同行で、一緒に暮らしてもいいと思うようになったのである。すると温子が顔を赤らめ、左腕に体を寄せた。そして目に涙を浮かべたので、二人の関係を明白に証明できた。

「では、こちらにご記入願います」

宿帳にいまの住所と姓名を書き、同上とした後に温子の名前を入れた。

「ありがとうございます。お部屋はご夫妻と同じスイートですが、チェックインは三時からになりますので、ご都合のいいお時間にお越し下さい。それとお昼のお食事も含まれますので、今日はごゆっくりお過ごし下さい」

年上の女性が明るく頷き、若い女性が案内に立った。そしてエレベーターの中で、敬は言った。

「ところでお二人はどこから帰られたのですか。玄関に出て、また中へ入られたようですが」

「裏側にお忍びの通路があり、下の道に出られるのです」

「私たちのことは連絡されるのですか」

「お客様が満足されることを強く願っておられましたので……」

「じゃあ、食事の前にバルコニーへ出ます。周囲の景色を見せておきたいので」

二階の廊下で女性と別れて、勝手知ったガラス戸を開けた。

「しかし驚いた。君の近道が利いたね」

「それよりあなたにはっきり言って貰ったのが嬉しかったです」

互いに笑いながらバルコニーに出ると、角の手摺に大勢の人が並び、下方を見ていた。

「あ、水神様に頭を下げられた」

二人がその端に着くと、左右の水神様の先に、上流の広い川面が見えた。右手の水神様の樹木の陰に船の白い屋根がのぞいている。そしてまた声がした。

「中に入られたから、もう出るよ」

するとエンジンの音が強まり、白いボートが全長を現した。そして川の中央に進むと、上流の橋を潜り、スピードを上げた。

「道が混むからボートを使われた。後は留守居の仲間に頑張って貰おう」

人々は互いに笑い合い、出口に移動し始めた。

「すみません。船に乗られたのは、白い服の人ですか」

横の男性に聞くと、大変世話になったと大きく頷き、人口減少で村が存続の危機のとき、家具等の木材加工を目指す若者を紹介して成功し、次に陶芸の窯元ができたと声を強めた。

「それはどこの人ですか」

「ある食品メーカーの社長さんで、毎年、村の祭りに寄付を送られ、今年は代表の十二名が朝食会に招かれました。会は盛会で、記念品までいただきました」

男性は顔を赤くすると、社長さんは上機嫌で奥様も笑顔だったと感激した口調で言う。

「家族にいいことがあったのではないですか」

敬が軽く頷くと、驚いた表情をした。そして仲間に呼ばれ、慌てて頭を下げて去った。

「やはり、皆にいいことをしたんだ」

「それなら私たちも気が楽ですね」

温子は小さく笑い、敬は人々がいなくなった手摺に顎を振った。

「そこから左（東）の川が見える。ちょっと行ってみるか」

テラスの右側に寄ると、桜並木の間に川原と細い流れが見えた。土手を歩く人は対岸が多く、上流へ続いている。そして下流に、山裾に建つ神社と参道を囲む家並みが見えた。

「ここなら何があっても、洪水に引き込まれることはないだろう」

敬が軽く足踏みをすると、温子はおどけた表情で腹部を押さえ、空腹を訴えた。


レストランはほぼ満席である。正午を十数分過ぎたせいもある。ただ、席待ちの客はいないので、レジの女性に聞くと、別料金で個室があると言う。そこは外が見えるというので、迷わず決めた。

「予約席があったけど、私たちの為だったのではないかしら」

部屋で二人だけになると、温子が言った。

「いいよ、この方が落ち着くし、初めから自己負担と決めていたんだ」

敬は二人の記念になると頷き、窓に顔を向けた。

「あれは君がいた山ではないの」

「もう関係ありません」

温子が首をすくめると、軽いノックがして、制服を着た二人の女性が現れた。前者がお絞りと水のグラスを置くと、後者がメニューを見せて注文を聞く。敬はコースの高い値段にした。

そしてまた二人になると、温子は言った。

「でも、こんな落ち着いた部屋にいると心が揺れます」

そしてふと仲間を思い出すと言う。境遇が極端に違ったからで、なおこの世界を見られる幸せと、その責任の重さを感じるらしいのだ。それでいま言った、もう関係ないは、場所のことで、本質はお山の伝統を抜けられないと、目に涙を溜めた。

「君なら大丈夫だよ。それに夢があるんだろう？」

敬が声を励ますと、温子は目をしばたたき素早く顔を振った。廊下に足音が近づいたのだ。そして先程の二人が盆を抱えて中に入った。

「食前酒と前菜でございます」

それぞれ並べて去ると、ナプキンをつけ、グラスを手にした。そして敬が笑って頷いた。

「今までお疲れさん」

「あっ、はい……」

乾杯して口に運ぶ。それからグラスを置き、敬は言った。

「私はまだどうなるか分からない。だから洪水が過ぎるまで気を付けるよ」

温子は頷き、野菜を口にする。敬もフォークを手にしたが、時計を見て携帯を取り出した。

一時間の約束に気付いたのである。

「食事を始めたのか。全く動かなくなったから」

今井さんの声に、敬は言った。

「レストランの個室です。途中も今も異常ありません」

「そこは大丈夫か。襲われるとしたら、格好の場所だよ」

「景色を見て店に入るのが遅くなったのです。私は入口が見える位置にいます」

「ああ、気を付けてくれ。ところで彼女は本当に美人だね。それに真面目そうだ。早く連れて来たらいい」

敬はこれなら大丈夫と判断して、二時間以内の帰社を伝えた。そして電話を切ると、温子は言った。

「ここはどうするのですか」

「もちろん泊まるよ。会社は君を紹介すれば用はないから」

そして少人数で家族的な社風と徒歩三十分の距離を告げると、表情が緩んだ。

前菜を済ますと、スープとパンが来た。それからタイミングよく料理が運ばれ、丁寧な説明が付く。温子は食欲旺盛で、敬のペースと遜色ない。やがてデザートを終え、時計を見ると、一時十五分だった。

民家の間の路地の先に広い道路があり、向こう側の畑地に大きな倉庫を備えた一部二階建ての建物が見えた。横に押しボタン式の信号がある。敬はあれが会社と教えると、ボタンに触れて言った。

「君との馴れ初めは、さっき打ち合わせた内容を私が話す。もし何か聞かれたら、街で見たり経験した事を参考に答えたらいい。しかし昔、隣同士だったことは頭に入れておいてくれ。それがないと、今晩一緒に泊まる話は言い出せないから」

「分かりました」

二人は互いに目で笑うと、青に変わった信号を渡り始めた。

「あっ、女の人が出てきました」

温子の声に、反対側を見ていた敬が顔を戻すと、会社の門に綾さんがいた。すぐに低く頷き、口元を緩める。異常なしのサインに、敬が小さく頷くと、綾さんは中に入り、塀の内側で待っていた。人目につくのを避けたのである。

「いらっしゃい。お待ちしていました」

温子に笑いかけて、玄関へ先導する。続いて事務所に入ると、社長さんと専務さんが笑顔で迎えた。そして今井さんが奥の扉を開けて、大きく頷いた。


「実はスイートの部屋一泊が、当たったのです」

応接のコーナーである。先に架空の女性の家は分からなかったと告げて、温子を紹介し、二人の馴れ初めと今日の行動をおおよそ話した後、敬はやや顔を赤くして言った。

「あるお金持ちが設けたもので、本人が帰った後の最初のカップルに贈ると決めたのです。もちろん夫婦が条件なので、婚約中と言ってしまったのです」

「それは構わないが、その金持ちは信用できるのか。いや、あのこぢんまりしたホテルで安全は保たれるのかな」

今井さんが首を傾げた。時節柄、うますぎる話と感じたようなのだ。

「それは食品会社の社長さんで、護衛がいました。負担はどちらがしたか分かりませんが」

温子が顔を上げて口を開き、また目を伏せた。

「やはりホテルでしょう。しかし私たちはそういきません。だから朝まで起きているつもりです。それで何も起きなければ、もう大丈夫と思うのです」

敬はこの機会に試してみたいと、三人に目を向けた。

「しかし万一ということもある」

今井さんが眉を寄せると、温子は言った。

「そこの営業時間は午後十一時までと書いてあるので、戸締りをするでしょうし、警備会社のシールもありました」

「まあ、抜かりはないだろう。レストランが終われば人の動きはなくなるしね」

「じゃあ、十分気を付けること」

今井さんの声に、社長さんと専務さんが頷き、敬と温子は頭を下げた。すると離れて見ていた綾さんがお茶を注いだ。そして後方に下がると、皆は口に運んだ。

「ところで、ご家族は?」

　社長さんが茶碗を置きながら、温子を見た。

「十八歳の時、両親と弟が交通事故で亡くなりました。その後母方の祖父母と暮らしましたが、祖父に続いて祖母も病気で亡くなり、一人になりました」

　温子はそのとき地元の会社を辞めて都会に出たと言う。

「誘ってくれた同級生のアパートに同居して、二、三の会社の受付をしました」

「どうしてこちらに来られたのですか」

　専務さんが優しく聞いた。

「どの受付も誘惑が多くて困りました。それで大きい会社は辞めて、旅の生活に変えました。もちろん行った先で働きますが、ここはまだ二か月です」

「それでお二人が再会されたのは奇跡に近いです。ここの神様はご利益があるのですね」

　綾さんが声を上げ、皆は頷いた。

「最初はたこ焼き屋で並んでいるとき、気付きました。ほぼ十年ぶりなのでお金を払うとき聞くと、彼女も覚えていて、翌日会う約束をしました。しかし交通事故で、記憶をなくしていたのです」

　敬が首をすくめると、温子は言った。

「私は待っていました。そして昨日、偶然姿を見かけたので、今日は朝からそのあたりを見張っていて、会えたのです。だから二人は特別な縁があると思いました」

するといま今井さんが専務さんを見て、温子に言った。

「ところで住まいの候補が二つあるのですが、いま見られますか」

「それは後日にしたいのですが」

温子は頭を下げ、専務さんに目礼した。そしてやや唇を引き締めたので、敬は言った。

「彼女は少し疲れているようなので、ホテルで休ませたいのですが」

「それならうちでもいいが、無料の招待があるなら仕方ない。じゃあ、憲二君に送らせよう」

社長さんが頷くと、綾さんが倉庫にいる憲二さんに電話を掛けた。


「今日はお疲れさん、会社訪問は成功だった。それに誰も君を疑わなかった」

憲二さんを玄関で見送り、ホテルの部屋に戻ると、敬は明るく言った。

「しかしどうしてあんな会話ができたの」

温子は小さく笑うと、身の上話は屋台の小父さんはもちろん、外回りで知り合ったお年寄りにしたので上手になったと言う。

「外回りの報告は誰にするの」

「宮司さんです。空振りが毎日続いても、いつも励ましていただきました」

「そうか。さっきの話だが雑談もできるから驚いた」

「私、さっきの受付のような経験をいくつもしたのです。若い人は相手にしませんが、お年寄りは勉強になるので時間を取りました」

「君は生活力があるよ」

敬はソファーに温子を座らせ、鉤《かぎ》の手に腰を下ろした。寝室の手前の部屋で、重厚なライティングデスクと高価な美術品を飾るサイドボードが並ぶ壁に、晴れた空をバックにした若い女性の絵が掛けてある。そして隣室との壁を大型のテレビが占め、そこまで続くソファーとの間に、赤いバラを大きく生けた花瓶が置いてある。それはライティングデスクの横に備えた色彩豊かな生け花と共に部屋のムードを高めていた。

「これは素晴らしい！」

二時間前のことである。厚い絨毯に足を止めて、憲二さんが声を上げた。部屋を見たいと、車を停めた後も付いて来たのだ。そして豪華な寝室や浴室に入り、小型のバルコニーがある窓から上流の山と川を眺めた。そしてしきりに羨むので、夕食を誘った。もちろん同じメニューの一人分を負担するのである。憲二さんは辞退したが警備にもなると説得して、上のコースを摂った。しかし何も起こらず、互いに笑顔で別れたのである。

「憲二さんには驚きました」

温子が首を振った。

「多くの画家の特徴や作品を覚えているから」

「食堂では滅多な事は言えないから助かった。しかし私もそれを要求されるので頭が痛いよ」

「どんな勉強をするのですか」

「本物を多く見て、画家の伝記を覚える。まあ、できればの話だが」

敬は作品と画家の背景を知る重要性を伝え、今井さんを例に挙げた。

「主要な画家の生涯を知っていて、数は百人を超えるそうだ。だから即座に真贋《しんがん》や年代を当てるし、画家の重要な転機や最期を知っている。それで人の将来も予測できるのだ。もちろんいくつか質問してからだが」

「観て貰ったのですか」

「いや。しかし約一か月側にいたから、かなり知られただろう」

「私は興味があります。いえ、将来を知りたいのです」

「それは良くない、過去も知られるから。すると私と君の嘘がばれる」

「あ、そうですね」

温子は苦笑し、敬は軽い吐息をついた。

「それより十二時まで四時間ある。それをどう過ごすかだ」

「焦る必要はありません。カップルになると命は保証されるのです」

「なぜ早く言わなかったの！」

「それは本心でないといけません。だから厳しく禁じられているのです」

温子は真剣な表情で言った。

「あなたはまだ迷いがあります。でも、悪いことではありません。軽薄にならないから」

そして軽く頷いて席を立ち、奥の部屋に消えた。

――やはり鋭いな。それなら年貢を納めるか……。

敬はかすかに目を閉じた。しばらく耳をすますが、何も聞こえない。慌てて奥の部屋に行くと、浴室に物音がした。

「なんだ、ここにいたのか」

温子は浴槽に湯を出そうとしている。敬が手伝おうとすると、慣れているから部屋で待つように言う。それで頃合いを見て戻るように告げて、引き返した。

しかし時間がある。思い出して、携帯を手にした。

「山本さん、元気ですか!」

業者の川口である。弾んだ声に応えて、いまいいかと聞くと、アパートに帰ったところと言う。

「ひと段落ついたので掛けたんだ。新しい街はどう？　仕事はやり易いの」

「時間が掛かりそうです。土地柄ですね。しかし食事は安くてうまい店があります。いまもそこで済ましたところです。それより成果はあったのですか」

「実はいま待ち合わせているところだ。……あっ、来たので切るよ。結果はまた教えるから」

携帯を下ろすと、温子が言った。

「どなたですか」

「前の会社の知り合い。しばらく話してないから近況報告をしたんだ。一人者なので、ホテルにいるのは伏せた」

温子は軽く笑うと、後三十分くらいと告げて、横に座った。そして両手をすり合わせたので、片手を出させ、手相を観た。

結婚線が二本、深く刻まれている。遊びであるが、吉相を教えると、瞳を輝かせ、敬の掌も見たがった。

「あっ、同じです」

「全く気付かなかった。自分で観た事はないんだ」

互いに笑いあっていると、携帯が鳴った。憲二さんで、抑えた声がした。

「変わったことはないですか」

戸口は静かである。訳を聞くと、十分前に自転車で来た男が二人、ホテルに入ったと言う。

「何かの修理屋のようですが、胸騒ぎがするものですから」

敬は緊張する温子に軽く頷き、何も起きないが、いまどこかと聞いた。

「玄関が見える大きな木の陰です。実は今井さんにしばらく残るように言われたのです」

「不審者はフロントが帰すし、私も誰も取り次がないように言ってあります。万一の時は警備会社が駆け付けるし、非常ベルを鳴らして館内放送をするようです」

「でも、気を付けて下さい。薄い水色の作業服です」

「分かりました。そこは大丈夫ですか。二人に仲間がいるかもしれない」

「だから移動します」

物がこすれる音がして、足音が聞こえた。携帯はポケットに入れたのだろう。そして遠くで人の声がした。

「こんばんは」

「あ、今晩は！」

足音は急に速くなった。そして何かにぶつかる音がして、憲二さんの声がした。

「懐中電灯の光が見えたので隠れたのです。警備の二人で森の端を石段の方へ行きました」

「さっきの声は?」

「子犬を連れたお年寄りです。しかしここはカップルが多いです。それで見物の者もいるようです」

憲二さんは声を和らげると、なお玄関の自転車を気にした。

「やはりホテルの用事でしょう。何かあれば連絡します」

「私も二人が出て来たら知らせます」

携帯を切ると、温子が眉を寄せた。

「二人の目的は私かもしれません。あなたと歩いたのが気に障《さわ》ったのでしょう」

それで心当たりを聞くと、変な目つきをする男はたくさんいたと言う。

「それなら私を狙うだろう」

「誰にも渡したくないのです。その心理を屋台の小父さんたちが話していました」

「それは迷惑だな」

「勝手に思われるので困ります。土手の車もそうです」

「あれは危なかったが、ここは大丈夫だ。ドアに鍵も掛けてあるから。それにもう十数分経ったが、何の騒ぎも起きない」

「少し考えすぎました。それはいまが幸せだからです。では、お風呂を見て来ます」

温子が奥に行くと、テレビを点けた。しかし音は消したままチャンネルを替える。外部の音に備えるのと、他の番組を知るためである。それを十例近く目にしたとき、画面に星空が広がった。オリオンやカシオペアが右から左に移動していく。それが正面に来た時、温子が戻って笑みを浮かべた。

「もう入れますから、どうぞ」

「憲二さんからまだ連絡がないから、先に入ってよ」

しかし眉を寄せて首を振る。それで強く促し、承知させた。

「あ、風呂の戸は開けておいて。そして常に音を立てるか、歌を歌ってもいい。静かだと心配になるから」

「分かりました」

浴室の物音が始まって、十五分後。男たちは自転車で帰ったと知らせが入った。

「遅くまですみません。もう帰ってゆっくりして下さい。それと今井さんと社長さんによろしくお伝え下さい。今夜何もなければ、もう大丈夫ですから」

携帯を置いて浴室に行くと、温子が大きな浴槽に仰むけに浮かび、左右の手で波の音を立てていた。

「お、うまいね」

すると慌てて腰を沈め、恥ずかしそうに首を振る。しかし男たちが去ったと告げると、瞳が輝いた。そして風呂はどうかと聞くので、観たいテレビがあるからと断り、部屋に戻った。

テレビは口実である。それでニュースを見ながら次の口実を考えていると、温子が素肌にホテルの浴衣を着て現れた。髪は湿っているが、顔と肌が艶やかに光っている。そして寛いだ表情で言った。

「私は湯を温くして入りましたが、適温にしたのでどうぞ」

「それで音がしていたのか。しかし鼻歌が聞けたので良かった」

「あれが楽と思ったのです。それでテレビの音を消したのですか」

「いや、外の音に備えたのだ。しかし何も起きなかった」

「では、もう入って下さい、中の戸は開けたままにしてあるので。それとテレビは星空がいいです」

敬はリモコンを操作して、浴室に行った。入口の戸を開けると、湯気が見えた。しかし床や浴槽の周りに水滴はなく、湯も澄んでいる。手で適温を確認し、それぞれの戸を閉めて部屋に戻ると、ソファーから体を起こした温子が言った。

「忘れ物ですか」

頷いて側に寄ると、横に腰を下ろして肩を抱いた。

「それはここにある」

「あっ、一緒に行きましょうか」

「いや、君がいなくなる気がしたので、十二時まで頑張ることにした。いい湯だったが風呂は後にするよ」

温子は体をやや固くしたが、小さく笑って顔を寄せた。

「ずっとこうしているのですか」

「ああ、照明を落とすか」

部屋のリモコンを操作すると、薄暗くなり、星空が輝きを増した。

「窓から外を見ているようです」

再び肩を抱くと、温子が言った。体は石鹸の匂いがして温かい。布を押し上げる胸部の線が目を引くが、それ以上動かない。しかし体を押されて背中をソファーにつけた。すると温子が腰をずらして、脇の間に頭を入れた。

「いい気持ち……」

敬の左腕は肩を越え、掌は乳房に触れている。右手で髪の毛を分けると、温子は目を上げた。

「星座を教えて貰えますか」

「いや、黙って見た方がいい」

すると右手は腹部に導かれた。しかし横にずらして動かさない。それからしばらく経つと、静かな寝息が聞こえた。

敬はそっと体を抜き、頭をソファーにもたれさせた。温子はため息をつくと、また寝息を立てた。穏やかな顔と浴衣に包まれた肢体は美しい。もちろんじっくり見るのは初めてで、愛おしさが増すが、横に並んで目を閉じた。

そしてこの一か月を振り返った。いや、二、三日のつもりがそうなったのだ。それは喫茶マドンナの地下から始まるレースで、窮地を佳子と温子に助けられた。そして祭事の一部を耳にして、交通事故に遭い、今の会社と縁が出来た。温子とは一緒の布団にただ寝たが、今は互いに必要な存在になったのだ。そして自由になる瞬間を待っている。それもあと二時間足らずと考えてふと目を開けた。ちらちらする光を瞼に感じたのである。それは画面を不規則に動いている。薄い緑の幕が中央に広がると、黄色い光に変わった。それはオーロラで、しばらく部屋をまだらに照らした。

温子はなお眠っている。しかし今日があと一時間半になった時、異変を感じた。体がやや冷たいのである。慌てて目を凝らすと、肌の色が黒っぽい。それに手が妙に冷たかった。

「温子！」

肩を揺すると、顔は左右に動くが表情は変わらない。いや、危険な状態なのだ。

一瞬、フロントを呼ぼうとして考えた。室温は二十二度で、自身は上着を脱いでいる。だから浴衣一枚でこうなるとは思えない。それに私事は隠したいのである。急いでベッドに運び、毛布を掛ける。そして手足を強くさすった。

するとわずかに反応するが、体温は変わらないし、目も覚まさない。ただ、せつなそうな顔をする。それで乳房に触れると声が出た。それは下半身で明白になり、やがて体が動き出した。それでなお各部に続けると、肌に血の気が戻り体は温かくなった。ただ、少し休むと、反応は弱まる。それで強い個所に集中し、時間が経った。すると声は高く大きくなった。いや、もう毛布は端に固まり、浴衣も前がはだけている。そして目を閉じたまま両腕を大きく広げた。

六、エピローグ

浴室は寝室の壁の裏側にある。裸の敬は明かりを点けて、戸を開けた。中に湿気がこもっている。しかし湯は体温以下になっていた。それで熱い湯を足して、中に入った。浴槽は広く、体を沈める場所に迷う。結局、蛇口の反対側の小窓が見える縁に頭をつけた。窓は高く外は暗かった。下に立つと、かすかに星が見えるだけである。完全な密室と判断して湯に浮かび、体を上向けた。温子を真似たのだ。そして両手を動かしていると、表の戸が開く音がした。体を沈め、浴槽の縁に頭をつけると、中の引き戸が開いた。

「側にいないので、心配しました」

やはり裸の温子が全身を現して言った。

「よく眠っていたから、起こさなかったんだ」

敬が顔を向けて頷くと、温子は風呂桶を手にして首をすくめた。

「少し眠っただけです。でも、一瞬慌てました」

軽く睨んで湯を掬《すく》う。それを肩から掛けて、また掬う。そして顔を赤くしたので首を戻すと、湯を流す音がした。敬は小窓を見ている。温子はさらに湯の音をさせて中に入り、横に並んだ。

「私が誰かにさらわれたと思ったの？」

敬は肩に腕を回して言った。温子は残りの手を乳房に導くと軽く押さえて頷いた。

「さっき優しくして貰ったから、一人になるのが怖いのです」

「大丈夫、ずっと一緒だから」

「嬉しい……。これからどうするのですか」

「少し遠い所へ連れて行くが、今日はこの街で様子を見る。君も身辺整理が必要だろうから」

「それは二日前済ませました。だからどこにでも行けます」

温子は軽く笑うと、腰を浮かせて敬の太腿に乗った。そして体を押し付けたので、腹部に両腕を回した。

「すみません。この方が安心なのです」

彼女は腕を押さえて言った。それで昨夜の急激な体温の変化を聞くと、首をすくめた。

「私もなぜか分かりません。ただ、足元に増える水を見ていました。それが足首を越えると、遠くに白い水の帯が現れ、一気に近づいて来るのです。でも、体が動きません。すぐに飲み込まれて流れていると、人はもちろんいろんな物がぶつかり、何も分からなくなりました……」

敬が乳房を押すと、また声が出た。

「すると誰かがしきりに手を差し伸べているのに気付いたのです。そしてあなたの声が聞こえた。それからどれだけ時間が経ったのか、急に体の中心が、電気が走ったように熱くなり、目が覚めたのです。だからあなたは命の恩人です」

「お山の借りを返しただけだ。しかし君が元気になって良かった」

「すみません。あとで時間を聞いて」

「あれは確かに十二時五分前だった」

「それでまた、あなたにしがみついたのです」

温子は今だから言えるとささやき、それで二人は救われたと深い吐息をついた。それも敬の熱意が条件だったと言う。そして両脚を軽く閉じたので、指を止めて言った。

「それならもう心配しないでいいのかな」

「はい、私が保証します」

明るい声であるが、体温の低下は気になる。いや、お山の干渉を感じて軽く言った。

「では、いつでも出発できるが、洪水を見てからだったね」

「それはもう見たから必要ないです。あれは屋台の小父さんから聞いた通りです。水中にいろんな影が見えますが、水面には木の屑や空き缶が浮いたり沈んだりして流れるので、驚くのは最初だけです」

「では、君も危なかったんだな」

「もうだめかと思いました」

「じゃあ、本当の水に流されなくても、命を終える者はいるんだ。いや、むしろそちらの方が多いのかな」

「そうかもしれません……」

「いや、君は違うと分かったから、私も洪水を見るのはやめた」

敬は耳元でささやき、その腰に手を触れた。やはり温子は、あれは夢で、体が冷えて危険になった自覚はないようである。だからこのまま対応することにした。ただ、内心こんなはずではなかった思いが兆《きざ》さないことはない。つまり花婿レースは方便で、未知の経験や魅力のある仕事に出会えれば良かったのだ。それが仕事の上に、親しい女性までできたのである。それを総括すれば、やはりお山の存在は重要なのだ。いや、いつの間にか取り込まれた感じで、同化せざるを得ないのである。ただ、その過程で密かに抵抗し、彼女を危険な目にあわせたが、直後に意向に沿い、共に強い絆を結んだのだった。それでその腰を押して浴槽の中央に出ると、両手を取って敬は言った。

「君の言う通り、お山はもう関係ない。会社に戻ったら、今日、出発すると話すよ」

「はい、どこでも付いいて行きます」

温子は笑みを浮かべて声を弾ませた。

「でも、気を付けて行けよ」

「着いたら電話すること。それと、もし辞め難くなったら、うちの名前を出していいから」

「温子さん、一緒に戻って来ていいからね」

昼食後、三者三様の言葉を掛けられて、憲二さんが運転する車に乗った。

「街境でなく、そのずっと先の大きな駅まで行ってもいいですよ」

車が走り出すと、憲二さんが頷いた。

「先の畑地を歩いて足慣らしをしようと思ったのですが、じゃあ、先のアーケードがある商店街までお願いします。いろいろ見せておきたいから」

敬が温子を見て頷くと、憲二さんは言った。

「確かにあの商店街はいい店があります。では、農地を通って行きます。途中、見たいものがあれば言って下さい。車を止めますから」

温子は遠足気分である。しかし敬は過ぎて行く家並みを真剣に見ていた。やはり一か月過ごした感慨があるのだ。それと帰路の途中に一抹の不安があった。大きな駅とマドンナの地下との間の記憶がないのである。意識を失い気付くと、雨中の街にいたのだ。そして駅名も商店街の名前も分からない。ただ、いまは携帯があるので、途中は空白でも目的地は明確に分かる。そして連絡も簡単にできるのだ。それでポケットを押さえたが、取り出すことはしなかった。

そして前の職場の二、三人の顔が浮かんだ。しかしそれも今ではない。ふと軽い吐息をつくと、業者の川口に伝えても、もう住む場所が変わっている事に気付いたのだ。

憲二さんが言った。

「暗くなる前に、お宅に着きますね」

「それは彼女の用事次第です。知り合いをうまく探せたらいいのですが」

「すみません。住所をはっきり覚えていればよかったのですが……」

温子が首をすくめた。今回の同行の理由に、二人で用事を作ったのだ。それはホテルに同泊した仲を曖昧にするためだが、出発時の専務さんの言葉から、信用されているようには思えなかった。

「しかし五時頃には連絡すると社長さんに伝えて下さい。もちろん今井さんにもします」

敬が頷くと、温子は頭を下げた。

「しかし早く戻って来て下さい」

憲二さんは一時的に仕事が増えるのを軽く嘆くと、ホテルの料理は美味かったと礼を言い、皆で笑った。

やがて畑地に入り、五分程度走ると、前方に高いビルが近づいた。それも見覚えがある。そして高層階の食堂街で旅行中の女性と食事をし、後で大文字焼きの情報を得たのを思い出した。それは懐かしいというより、記憶が戻ったことが嬉しいのである。そしてアーケードのある商店街の入口に着くと、憲二さんに礼を言って車を見送った。それから温子を見ると左の胸に竹炭のブローチをつけていた。

「あ、似合うよ」

敬が笑みを浮かべると、顔を赤くして首をすくめた。そして肩からカバンを提げた。それは専務さんに貰ったもので、化粧品や下着等、女性の必需品が入っている。敬はまた何も持たないが、温子もそうなので同情されたのだ。それは敬に会わなければ、死を覚悟していたからと言う。しかしアルバイトで貯めたお金は持っているのだ。それで最初の洋品店に入ったが、荷物になるのを嫌い、しゃれたハンカチを買っただけである。しかし商店街の半ばで、顔を寄せて言った。

「誰かが尾けています」

敬は少し前から気付いている。どこか店に入って様子を見ようと考えていると、温子がささやいた。

「その喫茶店がいいです」

そこは重厚な造りで、カウンターの横にボックス席が縦に並んでいる。窓際は空いているがコーヒーを注文して、中の席を選び、敬が入口を向いて座る。お絞りと水のグラスが来た後、ドアが開き、中年の男女が目に入った。

空席は窓際だけであるが、そこの席は壁を背にしている。二人は頷いて座り、互いにこちらを見た。しかし前の席にまた二人連れがいるので、顔はよく見えない。ただ、目つきは穏やかだったし、食事を注文したので、温子とコーヒーを飲みながら首を振った。彼女は顔を直す振りをして、鏡で二人を見たのだ。そして相手は外にいると判断して店を出た。もう尾けられる心当たりはないので、訳を聞こうと思ったのである。そして再び通りを歩くと、前方で頭を下げる初老の男性二人に会った。

「少しお尋ねしたいので、事務所にお越し下さいますか。すぐそこですから」

柔らかい物腰に温子と顔を見合わせて頷いた。そして寝具店の隣にある間口二間の部屋に入った。そこは入口に応接セットが置かれ、中にパソコンをのせた机が並んでいる。そして若い女性が笑みを浮かべて、お茶を運んできた。

「あなたはほぼ一か月前、ここを通られました。それはあるレースのためとお見受けしました。ただ、それは一週間か長くても十日で終わります。それなのに今日もお元気そうで美しい女性を連れておられます。こんなことは初めてなので、お話を伺えればと思った次第です。よろしければどんなことがおありになったのか、教えて頂ければ大変ありがたいのですが」

二人の内のやや年上が頭を下げると、敬は言った。

「私はレースに失敗して、ある会社の世話になっていただけで、ご参考になるようなことはありません」

「失礼ですが、どのような会社でしょうか」

「名刺を作ってあるので、お見せします」

それは出発前、社長さんから貰ったもので、前の会社と交渉する際、必要なら見せるためだが、数枚あるので一枚渡したのだ。

「ああ、分かりました」

口元を緩めて横に回し、また目が合った。そして再び失礼ですがと前置きして、温子との関係を聞いた。

敬は花婿レースを暗示されたので、丁寧に対応するつもりだったが、わざと眉を寄せて言いにくそうな顔をした。すると横の男性が温子に言った。

「あなたは巫女さんではないのですか」

「そんな友達はいますが、私は違います」

彼女は笑みを浮かべると、たこ焼き屋のアルバイトをしている時、よく買いに来たと教える。そしてその前はと聞かれ、既に会社の皆が聞いた身の上話を始めた。

敬は時々頷きながら、背後の気配に関心を向けた。いまは背中を向けて座っているが、机の上のパソコンは二台とも画面は明るかった。しかし操作の音は聞こえないのである。それは会社の倉庫のパソコンと似ている。それでやはり監視用で、こちらがいるから音を消していると気付いた。その目的は通行人で、それもレースの参加者と判断した。すると温子が私の知り合いに行くところと話すのが聞こえた。

「それはどこですか?」

すぐに聞かれて、迷う顔をした。

「あ、喫茶マドンナです」

敬は思わず言った。やはりそこが気になっていたのである。するとそれはどこのマドンナかと聞いてくる。それで東京の北側にある中都市の名前を言った。

「あそこですか。東京の周りは多いから」

やや年上の男性が笑みを浮かべて言った。

「お手数おかけしました。誘拐が多いのでお尋ねしましたが、お嬢さんのお話でご関係はよく分かりました。お気をつけてお帰り下さい」

二人は丁重に見送られ、通路を急いだ。

「お嬢さんは参ったね」

やがて敬が苦笑すると、温子は首を振った。

「あなたがはっきり言ってくれないから、私も控えめに話したのです」

「ごめん、二人がどう反応するか試したんだ。それで分かったが、お山の関係者は広範囲にいるようだね。しかしあんなに細かくチェックしているのに、以後はどこもおおざっぱだ。誘拐を理由にしていたが、私たちに何か引っかかるものがあったんじゃないかな」

「何より優先するのは、二人が結ばれているかどうかです。ですからそれが分かれば、他は関心がなくなるのです」

「それは有難いな」

敬は軽く頷いて、口に指を当てた。どこかにある監視カメラを警戒したのだ。そして大きな駅が正面に見える交差点に出た。信号は赤で、前面に人が並んでいる。すると温子が左右を軽く見て言った。

「喫茶マドンナとはどんなところですか」

「君とこうなる最初の出発点だ。そこは普通のビルの三階にあり、夜はクラブになる。それも普通だが、地下にからくりがある。まあ、上部構造に対する下部構造かな」

「それは人間も同じでしょう。皆、立派な身なりをして涼しい顔をしていますが、トイレには行きます」

「公にできないものをそう呼ぶとしたら、まあそれもありか。しかしそれが生存の基本だから上部構造より大事になる。その一つがお山だな」

「えっ……」

「いや、喫茶マドンナだよ。ずっと迷っていたが、君に見せておこうと決めたんだ。しかし場所があいまいなので少し迷うかもしれないよ」

「一緒に探すから大丈夫です」

「しかしそこではただ、コーヒーを飲んで帰るだけだよ」

「はい」

温子が笑みを浮かべたとき、信号が変わり、人々が一斉に動き出した。

敬はなお思い出すことがあるような気がしたが、温子の手を摑《つか》んで前に出た。

完

著者プロフィール

石兼 章（いしかね あきら）

昭和 19 年（1944）、山口県に生まれる。
昭和 39 年（1964）、岩国商業高校卒業。
同年、三井石油化学（現三井化学）に入社。
2 年後、千葉県へ転勤し、昭和 48 年（1973）退社。一旦故郷に帰る。
昭和 51 年（1976）、神奈川県に移住。詩人や画家志望の友人を得る。
その後、不動産会社に勤めたり飲食店の手伝い等をしながら文学を志す。
平成 18 年（2006）、岩国市に戻り、同市「火山群」、山口市「文芸山口」の会員を経て、現在フリー。

【既刊書】『妖精の川』（2019 年 4 月　文芸社刊）
『錦川残照』（2020 年 3 月　文芸社刊）
『錦川黎明』（2021 年 10 月　文芸社刊）
『風雲』（2022 年 10 月　文芸社刊）

マドンナの部屋

2023年11月15日　初版第 1 刷発行

著　者　石兼 章
発行者　瓜谷 綱延
発行所　株式会社文芸社
〒 160-0022　東京都新宿区新宿 1－10－1
電話　03-5369-3060（代表）
03-5369-2299（販売）

印刷所　図書印刷株式会社

ISBN978-4-286-24599-7